Sissi Flegel
Engelskuss und Weihnachtstraum

Diese Geschichte hat 24 spannende Kapitel. Als Adventskalender verkürzen sie die Wartezeit bis Weihnachten. Jeden Tag vom 1. bis 24. Dezember kannst du die Seiten eines neuen Kapitels öffnen. Mit einem Lineal oder einem Brieföffner funktioniert das besonders gut. Viel Spaß dabei!

cbj

DIE AUTORIN

Sissi Flegel hat alles erlebt, was man erleben muss, um Kinder- und Jugendbücher zu schreiben. Sie kommt aus einer Großfamilie, ging auf ein Mädcheninternat, studierte Sprachen und arbeitete als Lehrerin, bis sich ihre Erfahrungen verselbstständigten und in Büchern materialisierten. Ihre witzigen Mädchenbücher sind Bestseller und ihre Fangemeinde wächst ständig. Um näher an den Alltag zu kommen, entstehen ihre Mädchenbücher meistens vor Ort.

Weitere lieferbare Titel
von Sissi Flegel bei cbj:

Wintertraum und Weihnachtskuss (40158)
Weihnachtsglanz und Liebeszauber (40252)
Lichterglanz und Weihnachtsflirt (15845)
Alpenglühen für Anfänger (40182)
Ein Dackel in der Schultüte (22384)

Sissi Flegel

Engelskuss und Weihnachtstraum

Eine Liebesgeschichte in 24 Kapiteln

Mit Illustrationen
von Tina Schulte

cbj

cbj Kinder- und Jugendbuchverlag
in der Verlagsgruppe Random House

MIX
Papier aus verantwortungsvollen Quellen
FSC® C110508
FSC www.fsc.org

Verlagsgruppe Random House FSC® N001967
Das für dieses Buch verwendete FSC®-zertifizierte Papier
Pamo House liefert Arctic Paper Mochenwangen GmbH.

1. Auflage
Erstmals als cbj Taschenbuch November 2015

Umschlag- und Innenillustrationen: Tina Schulte
Umschlaggestaltung: °zeichenpool, München
kg · Herstellung: CB
Satz: Uhl + Massopust, Aalen
Druck und Bindung: Westermann-Druck, Zwickau
ISBN: 978-3-570-40310-5
Printed in Germany

www.cbj-verlag.de

1. Dezember

Ich stecke mitten im Zickenzoff.

Und das, obwohl ich nur so mittel bin, also mittelgroß und mittelhübsch. Auch meine Augenfarbe ist nur so mittel – weder direkt braun noch richtig grün. Meine Haare sind auch nur mittelblond, doch seitdem ich mir ein paar Strähnchen gefärbt habe, sehen sie besser als nur mittelhübsch aus. Sie sind nämlich so lang, dass sie mir bis weit den Rücken hinab reichen. Darauf bin ich echt stolz.

Leider bin ich nicht besonders selbstbewusst. Zum Beispiel werde ich voll verlegen, wenn mich ein Junge ansieht. Den Blickkontakt halte ich nicht aus, ich finde das peinlich und verkrümel mich. »Wie willst du einen Freund finden, wenn du zu feige zum Hallo-Sagen bist?«, schimpfte meine allerbeste Freundin immer, als sie noch hier wohnte; vor kurzem ist sie leider nach Hamburg gezogen, weshalb sie nicht mitbekommen hat, was sich in der Schule und in meinem Leben geändert hat. Doch davon später.

Meine Leistungen und meine Noten sind ebenfalls nur mittel. Macht mir aber nix aus, solange ich in Musik eine Eins hab. Musik ist mein Lieblingsfach. Meiner Familie ist das völlig unverständlich; meine Eltern haben nämlich mit Musik nichts am Hut, und meine kleine Schwester hört sowieso nur ihre Prinzessinnen-Storys. Weil mein Opa, der im Liederkranz »Eintracht« singt, gecheckt hat, dass ich schon als Baby dauernd vor mich hin gesummt hab, nervte er meine Eltern, ich müsse in die Musikschule.

Zuerst habe ich Blockflöte gespielt, dann bekam ich Klavierunterricht. Das war vor vier Jahren. Jetzt bin ich dreizehn, spiele Klavier und singe in unserem Schulchor.

Und genau deshalb, weil ich singen kann, stecke ich gerade mitten im Zickenzoff.

Das kam so:

Wir haben einen genialen Musiklehrer. Chris Löwenfeld heißt er. Weil er einfach göttlich aussieht, singen die meisten Mädchen nur seinetwegen im Chor. Oder pusten im Orchester in die Blockflöten. Ende September trommelte Chris alle vom Chor und Orchester im Musiksaal zusammen, schwenkte ein Bündel Notenblätter, lächelte verheißungsvoll und rückte mit seiner neuesten Idee heraus. »Leute«, sagte er, »wir nehmen uns was Großes vor. Ein Musical.«

»Voll der Wahnsinn! Mama Mia?«

»Nein.«

»Ich war noch niemals in New York?«

»Nein.«

»Cats?«

»Wieder nein.«

»Was denn dann?« Von der Idee selbst waren wir echt begeistert, aber weil Chris Löwenfeld gestand, er habe die Musik geschrieben, zogen wir lange Gesichter. Obwohl er natürlich fast so gut wie Beethoven oder Mozart ist, schwante uns nichts Gutes.

Und dann kam's.

»Ich habe ein Weihnachtsmusical komponiert«, sagte er bescheiden.

»Und das sollen wir singen?«, brüllte Mick. »Das ist jetzt nicht wahr, Herr Löwenfeld. Wenn Sie an *Ihr Kinderlein kommet* denken, trete ich aus dem Chor aus.«

»Ich auch! Ich auch!«, schrien die meisten von uns.

»Damit habe ich gerechnet«, sagte Löwenfeld cool. »Aber das möchte ich natürlich nicht. Wie wär's, wenn ihr euch erst mal anhört, wie ich's mir vorstelle?« Er setzte sich ans Klavier, und was soll ich sagen? Er hatte die alten Weihnachtslieder komplett verändert; sie rockten so, dass wir direkt mittanzten. Nur die Geschichte fanden wir eben out of date.

Jedenfalls wir, die sie kannten. Aber weil natürlich auch ausländische Mitbürger in unsere Schule gehen, von denen man nicht erwarten darf, dass ihnen die Story schon seit der Kindergartenzeit erzählt wurde, verlangte Löwenfeld, dass Emil sie erst mal erzählt. Emil trägt eine Harry-Potter-Brille, hat dauerverstrubbelte knallrote Haare, ist unser Klassenclown und echt cool, obwohl er der Sohn eines Pfarrers ist, und natürlich kennt er die Geschichte familienbedingt aus dem ff. Obendrein hat er einen Notendurchschnitt von 'ner glatten Eins. Zuverlässig und jedes Jahr.

»Die Weihnachtsgeschichte soll ich erzählen, Herr Löwenfeld? Also die geht so:

Ein Kaiser namens Augustus wollte unbedingt die Zahl seiner Untertanen wissen, weshalb er – damals gab's ja noch kein Einwohnermeldeamt und von einer weltweit vernetzten Datenbank konnte man noch nicht mal träumen – allen Leuten befahl, sie sollen

verdammt noch mal dahin gehen, wo sie geboren wurden. Damals, also vor rund zweitausend Jahren, konnte man sich natürlich noch nicht einfach ins Auto setzen, die Adresse ins Navi eingeben und losdüsen. Man musste das Pferd oder den Esel satteln, oder, wer ganz reich war, sich in 'ne Kutsche setzen. Mit dem Picknickkorb auf den Knien und 'nem Märchenerzähler auf dem Beifahrersitz, der einem die Zeit vertrieb. Nur die Armen waren natürlich so richtig mies dran; die mussten zu Fuß los, und das auch noch in der ungünstigen Jahreszeit.«

»Wieso war die Jahreszeit ungünstig?«, wollte Amanda wissen. »Ich denke, in einem Land am Mittelmeer ist immer Sommer?«

»Quatsch«, sagte Yasin sofort. »Im Winter kann's in der Türkei oder in Syrien oder noch weiter südlich total frostig werden. Und Mann, da hat kein Haus eine Zentralheizung. Jedenfalls keines, das ich kenne«, setzte er hinzu.

»Echt?« Amanda hob ihre perfekt gezupften Brauen. »Na ja, Yasin, du wirst eben nicht in den entsprechenden Kreisen verkehren.«

Wir alle wissen, dass Amanda ein bisschen naiv ist; deshalb winkte Yasin nur ab und fragte, wie die Geschichte weitergehe.

»Sie geht so weiter«, sagte Emil, »dass eine Schwangere namens Maria mit ihrem Josef dahin wandern musste, wo sie geboren waren. Mit einem dicken Bauch ist das kein reines Vergnügen, außerdem war's saukalt und sie waren auch nicht die Einzigen auf der Straße. Was bedeutete, dass die Unterkünfte überfüllt waren. Ich schätze mal, dass August, dieser Kaiser damals, ein harter Knochen war. Offensichtlich wollte er die Sache pronto hinter sich bringen und in null Komma gar nichts die Zahl seiner Untertanen schwarz auf weiß auf dem Tisch liegen sehen. Dem war's auch komplett egal, dass in den Landgasthöfen das Essen ausging und die Betten hinten und vorn nicht reichten. Und wenn bei einer Schwangeren unterwegs die Wehen einsetzten, hatte sie eben Pech gehabt.

Maria hatte Pech.

Allerdings hatte sie doch ein bisschen Glück im Unglück. Sie schaffte es nämlich gerade noch bis zu einem Gasthof auf dem Land, der damals wohl Karawanserei genannt wurde.« Emils Augen leuchteten auf. »Karawanserei! Mann, das ist ein tolles Wort, finde ich; man kann sich richtig vorstellen, wie die Esel und Kamele schreien, wie's nach teuren orientalischen Gewürzen riecht, wie Ballen schimmernder Seide abgeladen und Kästchen mit Perlen und Edelsteinen in den hauseigenen Safe geschlossen werden. Es muss eine fantastische Atmosphäre geherrscht haben, so mit verschleierten Frauen, die alle total dünn waren und geheimnisvolle, kholumrandete schwarze Augen mit plüschigen Wimpern hatten.«

»Die hättest du wohl gerne gesehen, was?« Yasin lachte fies, aber Emil ließ sich nicht aus der Ruhe bringen.

»Und dann die Männer in ihren wallenden weißen Gewändern … ich kann mir vorstellen, wie mitleidig sie den armseligen Josef gemustert haben, der so abgerissen daherkam: ›Sorry, alles ausgebucht!‹

Und wie der auf die Maria mit ihrem dicken Bauch zeigte, die sich kaum noch auf den Beinen halten konnte. ›Könnt ihr kein Bett für sie freimachen?‹

Wie gesagt, die Maria hatte Glück im Unglück, denn der Wirt war Gott sei Dank kein ganz so harter Knochen wie August, der Kaiser. Das Blöde war nur, dass seine Gäste für ihre Unterkunft bezahlt hatten und er beim besten Willen kein Bett herbeizaubern konnte. Na ja, obwohl im Stall die Kamele, Ochsen und Esel dicht an dicht standen, schaffte er's, dass sie zusammenrückten und für die Maria ein Plätzchen frei wurde. Der Wirt und Josef schichteten ein paar Lagen Heu übereinander, und dann war's auch schon so weit: das Kind wurde geboren.

Ohne Hebamme, ohne Arzt, ohne all dem Drum und Dran in Bezug auf Hygiene und so.

Aber alles ging gut.

»Nur«, fuhr Emil fort, »konnte man das Frischgeborene nicht auf dem Boden liegen lassen, die Ochsen, Esel und Kamele wären aus Versehen vielleicht drauf rumgetrampelt. Also legte Maria oder Josef oder der Wirt das Baby in einen Futtertrog, den man damals Krippe nannte.

Jetzt kommt der dritte und spannendste Teil der Geschichte; eigentlich ist's voll Fantasy, würd ich heute mal sagen.

Weil nämlich auf einmal Engel in den Stall flatterten. Die sangen, und natürlich müssen sie göttliche Stimmen gehabt haben, astrein müssen sie die Töne getroffen haben. Hätte ich gerne gehört, ehrlich!«

»Ich auch«, flüsterte ich, und Amanda hauchte verzückt:

»Engel mit himmlisch schönen Stimmen ...«

Na ja, sie ist eben ein bisschen bekloppt.

Ich sah, wie sich Yasin an die Stirn tippte. Er zwinkerte Emil zu, der auch zwinkerte und weiter erzählte: »Dann tauchte auch noch ein riesiger Stern am Nachthimmel auf. Der bewegte sich ziemlich schnell, was ein paar Hirten auffiel, die wegen der Kälte nicht schlafen konnten und deshalb ums Lagerfeuer hockten.

Klar, dass die neugierig waren und der Sache nachgingen – kam ja nicht alle Nächte vor, so ein Wahnsinnsstern. Sie liefen ihm also hinterher. Plötzlich stoppte er überm Stall eines Gasthauses, das sich mitten im Nirgendwo befand. Zuerst dachten sie wahrscheinlich, sie seien verarscht worden, aber dann machten sie doch die Tür auf, und was war? Ein Neugeborenes lag im Futtertrog, überirdische Wesen mit Flügel am Rücken jubilierten, und dann tauchten auch noch drei Farbige in fantastischen Gewändern auf, die behaupteten, sie seien Könige.

Zuerst glaubte ihnen das keiner. Erst als sie ihre Geschenke aus den Rucksäcken zogen, gingen den Leuten im Stall die Augen auf.«

»Echt?«, quietschte Amanda. »Wieso denn?«

»Na!«, Yasin rammte ihr den Ellbogen in die Rippen. »Warum wohl? Weil die Könige nicht bloß einen Apfel und ein Bounty ins Stroh legten, deshalb!«

Emil runzelte die Stirn. »Mensch, Amanda, kennst du die Geschichte wirklich nicht?«

»Nö. Sollte ich?«, entgegnete sie und riss die Augen ganz weit auf.

Emil schüttelte nur den Kopf. »Jedenfalls – die Könige brachten das Wertvollste aus ihren Schatzkammern mit. Das war erstens«, zählte er auf, »ein Kästchen voller Goldstücke. Zweitens: Ein Beutel voll mit Weihrauchklumpen.«

»Was'n das?«, flüsterte Mareike neben mir, doch Emil hob nur die Hand. »Moment mal. Das erkläre ich gleich. Der dritte König brachte Myrrhe mit. Das hab ich neulich erst gegoogelt, Leute. Myrrhe ist ein Baum, der in Afrika und Arabien wächst und drei Meter hoch werden kann. Es ist experimentell belegt, dass die Myrrhe gegen die unterschiedlichsten Bakterienstämme und Pilze hilft. Tatsache ist, dass sie seit dreitausend Jahren als Heilpflanze verwendet wird und auch«, er grinste, »zum Einbalsamieren von Leichen. Und Weihrauch ist ein Harz, das im Altertum so kostbar war, dass die Herkunft bei Todesstrafe nicht verraten werden durfte und deshalb die Handelsstraßen überwacht wurden.«

»Wie gruselig«, sagte Amanda und verdrehte die Augen.

2. Dezember

Als Emil die Geschichte zu Ende erzählt hatte, klingelte es. An diesem Tag war der Unterricht zu Ende, und als wir raus und zum Bus gingen, fragte Mick in die Runde: »Leute, was haltet ihr von Löwenfelds Idee?«

»Ein Musical als solches ist okay. Nur die Story ist mir zu antik«, erklärte Paul. »Ich meine: eine Geburt im Stall, und dann auch noch Engel! Also wirklich ... ohne mich!«

Die meisten stimmten ihm zu, und Mick brachte die Sache auf den Punkt. »Wir könnten doch Maria und Josef als Obdachlose geben. So in Klamotten aus 'nem Spendensack ...«

»Ja, und sie ziehen mit einem Wagen aus dem Supermarkt durch die Gegend ...«, ergänzte Paul. »Darin transportieren sie ihre gesamte Habe, und natürlich müsste das Kind an der Autobahn oder unter einer Brücke geboren werden. Voll krass ... und wenn wir grooven *Zu Bethlehem geboren*, müssten dazu Autos hupen und Bremsen quietschen. Ich meine, wenn schon die alten Melodien in unsere Zeit übersetzt werden, warum dann nicht auch die ganze Geschichte? Überhaupt – heute kommen Kinder in Krankenhäusern zur Welt. Von 'ner Stallgeburt hab ich noch nie nix gehört.« Paul sah uns der Reihe nach an. »Ihr etwa?«

»Dann müssten wir aber auch auf die Engel verzichten«, sagte Amanda plötzlich.

»Na und?«, fragten Paul und Mick gleichzeitig.

»Die Engel sind total wichtig«, beharrte Amanda.

»Aber Engel sieht man nicht; es würde reichen, wenn man ihre Stimmen hört.«

Amanda stampfte mit dem Fuß auf. »Engel müssen sein, ihr Blödmänner!«

»Okay«, sagte Mareike, »das sehe ich auch so. Aber wenn wir auf Engel nicht verzichten, frage ich: Wie stellt ihr euch die drei Adligen aus dem Morgenland vor?«

Mick zeigte sofort auf Murat und Yasin. »Zwei haben wir schon; den dritten treiben wir locker auf. Frag mal deinen Bruder, Yasin.«

»Kann ich erledigen«, meinte er gleichmütig und stopfte sich einen Kaugummi in den Mund. »Aber nur ...«, Yasin trat von einem Bein aufs andere, »wenn ich den Wirt singen darf.«

»In der Geschichte kommt kein einziger Wirt vor«, protestierte Emil, der Pfarrerssohn.

»Ist'n Fehler. Die Leute suchten doch eine Herberge, was im Morgenland…«, er würgte, als wäre ihm schlecht, »bei uns in der Türkei oder in Syrien und so eben Karawanserei genannt wurde. Hat Emil doch schon gesagt, ihr Blödmänner.«

»Hä?« Mick kratzte sich am Kopf. »Erklär das mal genauer. Was war noch mal 'ne Karawanserei?«

»Hast vorhin bei Löwenfeld gepennt, was?« Yasin grinste. »So was wie ein Motel, wo die Reisenden und Händler nachts abstiegen. Nur dass sie nicht ihre Autos in Garagen, sondern eben ihre Kamele im Stall parkten.« Er zeigte mit dem Finger auf Mick. »Jetzt behaupte mal, in so 'ner Absteige hätte es keinen Wirt gegeben.«

Wir nickten. Klar, Yasin hatte recht. Wir brauchten einen Wirt.

»Und Engel«, beharrte Amanda. »Die drei Weisen aus dem Morgenland. Und jede Menge Hirten.« Sie spielte mit ihrem Lipgloss. »Kann mir jemand sagen, wie wir die Hirten geben könnten? Ich meine, außer den Hirten war damals ja nachts keiner auf den Feldern. Wer ist heute nachts unterwegs und schaut sich die Sterne an?«

»Liebespaare«, schrie Mick sofort und lachte wie blöd.

»Polizisten, die Streife gehen. Nutten. Taxifahrer und Obdachlose«, zählte Paul auf.

Lilli warf ihre kupfergoldene Mähne zurück. »In einem Fetzen aus dem Kleidersack singe und spiele ich nicht die Maria. Dass das mal klar ist. Überhaupt finde ich die Idee voll abartig: Maria und Josef an der Autobahn. Wenn ihr's schon krass haben wollt, sollte das Kind in 'ner U-Bahn-Unterführung zur Welt kommen.« Sie schüttelte sich. »Ich bin für die alte Geschichte. Mit 'nem Stall, mit Ochs und Esel und einer Krippe. Da ist wenigstens noch Romantik drin.«

»He!«, protestierte Jonas. »Zeig mir den Stall, in dem heute noch 'ne Krippe steht. Ich kenne keinen.«

Weil Jonas' Vater im nächsten Dorf einen ziemlich großen Bauernhof mit mehr als dreißig Kühen und etlichen Ziegen bewirtschaftet, lachten alle. Nur ich nicht. Erstens, weil ich seit Kurzem Jonas' Nachbarin, und zweitens, weil ich schwer in ihn verliebt bin und mich jeden Morgen auf ihn freue, denn dann kann ich mich im

Schulbus in seine Nähe setzen. Aber wie das mit dem Verlieben kam, obwohl wir nicht in dieselbe Schule gehen, berichte ich später.

Jedenfalls – wegen Lillis Absicht, die Maria zu spielen, kam die Diskussion erst richtig in Schwung. Und weil sie und Amanda und Mareike sich verbündeten und absolut gegen eine unromantische Geburt an der Autobahn waren, überstimmten sie schließlich die Jungs, denen die Geschichte – ob alt oder auf ultramodern getrimmt – sowieso zweitrangig war. Die wollten Musik machen, und sonst nix.

Doch bis zum nächsten Treffen mit Chris Löwenfeld hatten sie sich's dann doch nochmals überlegt und schlugen einen Mittelweg vor. »Schauplatz: Eine Hütte in den Bergen«, sagte Mick. »Wie wäre es damit?«

»Pfff«, machte Mareike geringschätzig. »Wie öde!«

»Ich bin für 'ne Tiefgarage«, sagte Jonas großspurig. »Wär doch mal was Neues.«

»Null Glanz und Glimmer. Trostloser geht's nicht«, stellte Lilli fest. »Ohne mich, Leute.«

Wir steckten echt in einer Sackgasse.

'ne Tiefgarage, eine U-Bahn-Station, ein Parkplatz an der Autobahn oder bei Pennern unter einer Brücke kam als Schauplatz für unser Musical für uns Mädchen überhaupt nicht infrage.

Jonas und die anderen Jungs lehnten einen Stall plus Krippe komplett, weil unwahrscheinlich, ab, und eine Hütte in den Bergen fanden wir einfach deshalb öde, weil wir ja sozusagen schon in den Bergen wohnten.

Zwei ganze Chorstunden lang diskutierten wir über mögliche und unmögliche Schauplätze für unser Musical, dann, in der dritten Stunde, rückten Emil und Yasin, die beiden sind allerbeste Freunde, mit einer genialen Idee heraus.

»Yasin hat mich auf den Gedanken gebracht«, begann Emil bescheiden, »dann hab ich gegoogelt und Folgendes festgestellt. Erstens: Unter Morgenland versteht man in Europa den Erdteil, über dem morgens die Sonne aufgeht. Im Klartext sind das die Länder am östlichen Mittelmeer.«

»Zweitens«, fuhr Yasin fort, »befindet sich der Ort Bethlehem im »Morgenland«, einem Land am östlichen Ufer des Mittelmeers. Deshalb…«

»… schlagen wir als Schauplatz unseres Musicals weder so was Uncooles wie einen Autobahnrastplatz noch eine urige Hütte in den Bergen hinter unseren Häusern vor, sondern…«

Die beiden lachten sich an, dann platzten sie heraus:

»Eine Karawanserei!«

Eine Weile war's im Musiksaal totenstill.

Dann sagte Lilli verträumt: »Überall Ballen kostbarer Seide… der Duft nach Weihrauch und Räucherstäbchen… Gold und Edelsteine…«

»Kholumrandete Augen«, setzte Mareike hinzu, »Gesichtsschleier mit Perlenborten…«

»Pantöffelchen mit aufgebogener Spitze und durchsichtige Pluderhosen… einfach himmlisch!« Amanda verdrehte wieder mal ihre Glubschaugen.

»Krummdolche«, fiel Mick plötzlich ein. »Sag mal, Yasin, tragen Araber nicht immer einen kostbaren Krummdolch im Gürtel?«

»Oje«, sagte Yasin und kratzte sich am Ohr. »Kannst du mir sagen, ob sich alle Deutschen eine Schwarzwälder Kuckucksuhr ins Wohnzimmer hängen?«

»Wieso?« Da dämmerte es Mick. »Sorry. Klar, heute trägt man einen Revolver, aber damals? Vor zweitausend Jahren?«

Wir lachten ihn aus, aber er ließ nicht locker. »Ich spiele einen Händler«, sagte er entschieden. »Komplett mit weißem Gewand, Krummdolch und Kamel.«

»Das braucht's bei dir nicht extra«, sagte Murat. »Wo du doch eh ein Kamel bist.«

Mick winkte nur ab. »Ich geb einen Händler oder gar nichts.«

Damit war das Thema Rollenverteilung auf dem Tisch, und Lilli, unsere Klassenqueen, hob die Hand. »Ich übernehme freiwillig die Maria. Und ihr…«, sie drehte sich zu ihren zwei allerbesten Freundinnen um, »singt natürlich die Engel. Mirja, wenn du willst, kannst du Engel Nummer drei sein.«

Unser Musiklehrer fuhr sich durch die Haare und setzte sich erst mal ans Klavier. »Das ist sehr freundlich von dir, Lilli, aber bevor wir die Rollen verteilen, beschäftigen wir uns mit Stimmbildung und

üben die Chöre ein. Keine Widerrede; die Sommerferien waren lang, eure Stimmen sind eingerostet.« Er schlug ein paar Akkorde an und stand wieder auf. »Doch zuerst zum Orchester. Wir brauchen einen taktfesten Schlagzeuger. Mick? Bist du dabei?«

Mick nickte. »Wenn's sein muss. Dann fällt für mich die Rolle eines Händlers aber flach.«

»Paul, nimmst du noch Trompetenunterricht?«

Paul zeigte auf Yasin. »Er ist besser als ich.«

»Wir nehmen euch beide«, sagte Chris Löwenfeld.

Yasin spuckte einen Kaugummi ins Taschentuch. »Geht nicht. Ich bin der Wirt.«

»Das werden wir sehen. Zunächst spielst du im Orchester die Trompete. Murat? Trommel oder Xylofon? Was ist dir lieber?«

»Blöde Frage. Trommel natürlich.«

Lana und Lukas, unsere Zwillinge, spielen seit ewigen Zeiten Geige, sieben Mädchen Flöten, zwei das Glockenspiel, vier Jungs Gitarre und so ging es weiter, bis nur noch der Klavierpart übrig blieb, den sich keiner von uns zutraute.

»Ich frag mal herum«, sagte Chris Löwenfeld schließlich. »Vielleicht bekommen wir ja Verstärkung aus anderen Schulen unseres Schulzentrums. Wenn nicht, ist das auch kein Problem. Dann spiele ich Klavier und dirigiere.«

Damit war die Stunde zu Ende. Seitdem üben wir eine Stunde pro Woche die Chöre ein, und natürlich sind alle von Mal zu Mal neugieriger, wer denn nun welche Rolle bekommen wird. Alle außer mir. Ich bin die Stütze im Sopran und scheide deshalb als Solistin von vornherein aus.

Und überhaupt, gegenüber Lilli mit ihrer kupfergoldenen Mähne bin ich nur ein mittelblondes mickriges Mäuschen. Trotz der hübschen Strähnchen in meinen langen Haaren. Ich bin nämlich, wie schon erwähnt, nicht besonders selbstbewusst. Wenn ich mir vorstelle: Ich mutterseelenallein auf der Bühne! Ich im Licht! Niemand, der mir die Hand hält! Aber unten – der Zuschauerraum voller Mütter, Väter, Kinder! Alles Leute, die mich kennen! Nicht zu vergessen die Lehrer!

Oh Gott!

Und dann Chris, der den Taktstock hebt und mir den Einsatz

gibt... Ich hole Luft, öffne den Mund... und kein Ton kommt heraus! Hab den Text vergessen, weiß nicht mehr, wie die Melodie geht... Das Orchester, das noch ein paar Takte spielt... die Zuhörer, die sich räuspern oder husten, dann kichern, schließlich lachen, und mich zuletzt auspfeifen!

Mir wird heiß und kalt, wenn ich nur daran denke, ich sollte auf der Bühne ein Solo singen! Das kann ich nicht; ich bin sicher, ich würde einen totalen Blackout erleiden. Würde mich bis auf die Knochen blamieren. Den Chor, das Orchester und unseren Musiklehrer Chris Löwenfeld dazu!

Also ich und die Maria singen? Never. Das wäre mein totaler Untergang – hundert Pro.

3. Dezember

Nun aber zu Jonas, denn das mit dem Verlieben kam so: Die mittelgroße Stadt, in der ich und meine kleine Schwester geboren sind, liegt im Voralpenland, direkt am Fuße der Berge. Dort sind wir aufgewachsen, dort sind wir in den Kindergarten, in die Grund- und später dann auf die weiterführende Schule gegangen, und meine Freundinnen und Freunde wohnen noch dort. Nur meine Ma, meine Schwester und ich nicht mehr, denn unsere Eltern haben sich im Frühling getrennt. Im Sommer sind dann meine Ma, meine Schwester und ich in das kleine Dorf gezogen, weil da die Miete nicht so hoch ist. Früher konnten wir zu Fuß zur Schule gehen, jetzt müssen wir mit dem Bus fahren. Wenn ich mich mit meinen Freundinnen treffen möchte, zum Shoppen oder einfach nur so zu 'ner Latte und einem Schwatz, muss ich das Rad nehmen oder auf den Bus warten. Der fährt nur einmal am Nachmittag, was natürlich megablöd ist.

Trotzdem hat mir der Umzug Glück gebracht: Unser Schulzentrum in der Stadt mit Haupt- und Realschule und Gymnasium ist riesig. Wir teilen uns zwar den Pausenhof, doch normalerweise bleibt man unter sich. Jonas begegnete ich, weil er wie jetzt auch ich mit dem Bus zur Schule fuhr. Zuerst haben wir uns nicht mal angeschaut, dann haben wir uns zugenickt. Tage später setzte ich mich neben ihn, weil kein anderer Platz mehr frei war, und nach etwa einem Monat begleitete er mich zum ersten Mal nach Hause. Unser Häuschen liegt von seinem Hof, in dem er mit seiner Familie lebt, etwa hundert Meter entfernt; für ihn war das nur ein kleiner Umweg – für mich war es der Himmel auf Erden.

Es kam aber noch besser.

Kurz darauf bat er mich ums erste Date, danach trafen wir uns täglich und hingen im Dorf mit den anderen ab. Bis dann im Oktober ein satter Herbststurm übers Land fegte und wir uns in seine Scheuer flüchteten. Der Wind heulte, der Regel prasselte nur so aufs Dach – es war echt zum Fürchten. Jonas legte die Arme um mich und wollte wissen, ob ich Angst hätte. Ich nickte. Er sagte: »Wenn ich bei dir bin, passiert dir nichts.«

In diesem Augenblick heulte der Wind auf und ich meinte, jetzt würde er das Dach mit sich forttragen. Jonas lachte leise, zog mich an sich und legte seine Lippen auf meine Lippen. Obwohl es ein ganz zarter Kuss war, hörte ich nichts mehr vom Regen und vom Sturm; ich hörte nur noch Jonas' Atem.

Nach diesem stürmischen und trotzdem himmlisch schönen Nachmittag wusste ich: Ich hatte mich schwer in Jonas verliebt – und er hatte sich in mich verliebt.

Ich tat alles, damit meine Mutter nichts mitbekam, denn seit sich meine Eltern getrennt hatten, nahm sie es mit der Aufsicht sehr genau.

Leider ist meine kleine Schwester furchtbar neugierig; immer wühlt sie in meinen Sachen herum, und neulich hat sie tatsächlich mein Handy in die Finger bekommen und Jonas' SMS gelesen. Alle. Besonders natürlich die: »Treffen wir uns um sechs in unserer Scheune?«

Damit ist sie sofort zu unserer Mutter gerannt, und die machte mir gleich eine Szene, die sich gewaschen hatte. »Im Herbst ist es um sechs stockdunkel, Mirja! Was habt ihr in der Scheune getan? Sag mir das!!!«

Hätte ich sagen sollen: »Liebe Mutter, wir haben natürlich geknutscht.«

Ne, das geht gar nicht. Aber zu meiner Schwester habe ich gesagt, das Petzen würde ihr noch verdammt leidtun!

Das Schönste in unserem kleinen Häuschen ist der grüne Kachelofen, vor den wir unseren Esstisch gestellt haben. Er versöhnt mich mit dem Umzug aufs Land. Denn wenn ich im Rücken die Wärme spüre und dabei aus dem Fenster schaue, sehe ich sofort, wenn Jonas zu mir kommt.

Jonas ist mein erster richtiger Freund; seine Lippen sind so weich, wenn er mich küsst – davon kann ich nicht genug bekommen. Wenn er mich dann auch noch zärtlich anschaut, schwebe ich echt auf Wolke sieben und finde das Leben einfach herrlich.

Das Blöde ist jetzt aber der Zickenzoff, an dem niemand anders als Chris Löwenfeld schuld ist. In der Chorprobe hat er nämlich heute die Rollen verteilt. Eigentlich dachten wir ja alle, dass Lilli, unsere Klassenqueen, die Maria spielen wird. Deshalb sackte mir der Unterkiefer runter, als unser Musiklehrer auf mich deutete. »Du, Mirja, wirst die Maria singen.«

Aber hallo – ich hatte mich wohl verhört.

»Das ist jetzt nicht wahr, Herr Löwenfeld. Wieso ich?«, stotterte ich.

»Weil du am besten singen kannst«, platzte Yasin heraus. »Ist die einzig richtige Entscheidung, Herr Löwenfeld. Lilli singt längst nicht so gut wie Mirja. Und darauf kommt's ja wohl an, was?«

»Aber ich sehe viel besser aus!«, protestierte Lilli und stampfte mit dem Fuß auf. Ihre besten Freundinnen, Amanda und Mareike, unterstützten sie natürlich. »Herr Löwenfeld, Mirja und wir spielen die Engel. Sie müssen Lilli die Rolle der Maria geben!«

Herr Löwenfeld schüttelte den Kopf und setzte sich ans Klavier. »Lilli«, sagte er, »sing mal *Ich steh an deiner Krippen hier*«.

Lilli lehnte sich wie eine große Operndiva ans Klavier, warf ihre kupfergoldene Mähne zurück, holte Luft – und nach den ersten drei Tönen hielten wir uns die Ohren zu.

»Jetzt du, Mirja«, sagte Löwenfeld. Ich sang das Weihnachtslied, alle außer Lilli und ihre allerbesten Freundinnen klatschten, und für unseren Musiklehrer war die Sache geritzt.

»Ich«, stotterte ich, »ich ... also das geht nicht, Herr Löwenfeld. Ich könnte ja singen, aber ich trau mich nicht auf die Bühne. Ich stolpere, ich vergesse die Noten, ich ...« Ich schluckte krampfhaft. »Es geht nicht. Ich bin sch...sch...schüchtern. Ich trau mich wirklich nicht.«

»Dann wird's Zeit, dass du deine Schüchternheit überwindest«, entgegnete Löwenfeld cool. »Du singst die Maria. Basta.«

Mir wurde ganz heiß und kalt, alles gleichzeitig, und vor Entsetzen verkroch ich mich in die hinterste Reihe und tat so, als wäre ich unsichtbar, während Löwenfeld die anderen Rollen verteilte:

Lilli, Amanda und Mareike bekamen die der Engel, fünf Jungs aus verschiedenen Klassen die der Hirten. Emir aus der Türkei, Lit aus Vietnam und Kagiso aus Afrika waren stolz, als die drei Weisen aus dem Morgenland auftreten zu dürfen. Yasin motzte, Vietnam sei kein Morgenland, und Afrika schon gar nicht, daher dürften Lit und Kagiso keine Könige geben, aber Chris Löwenfeld und alle anderen sahen das nicht so eng. »Kagiso ist eben nach Vietnam eingewandert, he, und von uns aus gesehen liegt das Land östlich von Europa, klar?«, schrie Paul. »Und hast du noch nicht gecheckt, dass morgens die Sonne im Osten aufgeht? Ja, hast du? Wo ist dann das Problem, du Erbsenzähler?«

Yasin murrte noch ein bisschen, aber er sah ein, dass er in der Morgenlandsache keinen Fuß auf den Boden bringen würde. Um von seiner Niederlage abzulenken, stellte er die Frage, die alle brennend interessierte: »Und wer spielt den Josef?«

Wieder wurde mir gleichzeitig heiß und kalt: Klar, der Josef – mein Mann, sozusagen! Wenn das jemand wäre, den ich auf der Bühne küssen müsste, obwohl ich ihn in Wirklichkeit eklig fände … also das wäre mein totaler Untergang. Und ich *müsste* ihn küssen! Ich meine, nach einer glücklich überstandenen Kindsgeburt küsst der Mann doch die Frau, die Szene hatte ich schon in tausend Filmen gesehen.

Ich vergaß zu atmen, presste die Hände zusammen – und bekam den totalen Schock.

In meinen Ohren rauschte mein Blut wie ein gigantischer Wasserfall, trotzdem hörte ich Chris Löwenfelds Stimme.

»Ich habe an Jonas gedacht. Seid ihr einverstanden, wenn er den Josef gibt?«

Jonas!!!

Ich sah, wie er zu mir rüberschaute. Und mich anlächelte. Ich lächelte zurück. Jonas als Josef. Josef – mein Mann! Der, der mich auf der Bühne küssen würde. Vor allen Leuten. Voll der Wahnsinn! Einen Kuss vor dem gesamten Publikum würde ich nicht überleben.

Aber mit Jonas/Josef auf der Bühne würde ich keine Sekunde schüchtern sein; mit ihm an meiner Seite würde ich singen wie … wie die Netrebko. Genialer als Madonna. Wie der größte Musical-Star aller Zeiten. Ich wusste das, ich war mir total sicher … bis ich Jonas/Josef hörte. »Aber ich kann längst nicht so gut singen wie Mirja.«

Mein Herz hörte auf zu schlagen.

»Macht nichts«, beruhigte ihn Herr Löwenfeld. »Ihr Jungs seid sowieso im Stimmbruch, daran habe ich selbstverständlich gedacht. Du sprichst nur, Jonas. Und wenn Mirja singt, kannst du ein bisschen mitsummen. Aber nur ganz leise, es soll nicht mehr als ein Hintergrundgeräusch sein.«

Mein Herz schlug wieder.

»Okay«, sagte Yasin. »Von mir aus kann Jonas den Josef geben. Vorausgesetzt, ich bin der Wirt. Nur dass das klar ist, Herr Löwenfeld.«

»Yasin, du bist schlimmer im Stimmbruch als Jonas!«, sagte Löwenfeld verzweifelt. »Und überhaupt – ich brauche dich als Trompeter!«

»Na und? Das bisschen Multitasking ist genau das Richtige für mich. Weil, ich schätze mal, der Wirt eh nur ganz am Schluss der Geschichte seinen Auftritt hat. Dann, wenn er die Schwangere und den Josef in den Stall bringt. Ich leg die Trompete weg, flitz auf die Bühne, spiel den Wirt, flitz zurück auf meinen Platz im Orchester, blas in die Trompete. Okay, Herr Löwenfeld?«

Keiner von uns hatte einen Schimmer, weshalb Yasin unbedingt den Wirt geben wollte. Deshalb spitzten wir die Ohren, als Löwenfeld fragte: »Ist dir die Rolle so wichtig, Yasin?«

»Herr Löwenfeld«, antwortete Yasin ernst, »glauben Sie mir: Wenn Sie mir die Rolle nicht geben, gibt's für mich kein türkisches Weihnachten.«

Unser Musiklehrer hob die Hände. »Na dann … Aber warum, Yasin? Warum???«

»Persönliche Gründe«, entgegnete Yasin und kreuzte die Arme vor der Brust.

»Voll der Wahnsinn«, flüsterte Amanda neben mir.

Das war meine letzte ruhige Sekunde. Denn danach läutete es, und der Zickenzoff begann. Amanda und Mareike passten mich auf dem Flur ab.

»Wir müssen mit dir reden, Mirja.«

Ich blieb stehen. »Was gibt's?«

»Tu doch nicht so unschuldig«, fauchte Mareike. »Du bist echt eine falsche Schlange, Mirja. Nur dass du das weißt!«

»Ich? Ich soll eine falsche Schlange sein? Aber wieso denn?«, fragte ich entgeistert, weil ich im ersten Augenblick wirklich nichts kapierte.

»Tu nicht so unschuldig«, antwortete Amanda kalt. »Du hast dir die Rolle der Maria gekrallt. Das geht nicht, das lassen wir nicht zu.«

Ich schluckte. Dann wurde ich wütend. »Ich wollte die Maria nicht singen, aber Chris hat mir die Rolle gegeben. Schon vergessen?«

Mareike kreuzte die Arme vor der Brust und trat einen Schritt vor. »Na und? Du hättest sie ablehnen müssen.«

»Wie denn?«

Amanda bohrte ihren Zeigefinger in meinen Bauch. »Du hättest sagen müssen: ›Ich will, dass Lilli die Maria singt‹. Nur zum Beispiel. Kapiert?«

»Aber«, stammelte ich und wurde dabei von Sekunde zu Sekunde wütender, »Lilli kann nicht singen.«

»Das ist nicht dein Problem«, entgegnete Mareike hitzig.

»Eures auch nicht«, erwiderte ich noch hitziger.

»Wer sagt das?«, antwortete Amanda erbost. »Tatsache ist, dass du die Maria nicht singen wirst.«

»Aber Löwenfeld ...«

»Was Chris sagt«, unterbrach sie mich, »ist uns egal. Damit Lilli die Rolle der Maria bekommt, wirst du falsch singen.«

»Nie ... niemals«, rief ich aus. »Von mir aus kann Lilli die Rolle bekommen, aber falsche Töne kann ich nicht singen. Das ist unmöglich, das tut mir weh!«

Mareike verdrehte genervt die Augen. »Voll die Diva, was?«

Ich schüttelte den Kopf. »Es ist die Wahrheit. Ich ertrage keine falschen Töne.«

»Ach ne! Das ist ja wohl dein Problem. Tatsache ist, dass Lilli die Maria singen wird. Kapiert?«

Fassungslos sah ich den beiden nach. Warum, fragte ich mich, legten sich die beiden für Lilli so ins Zeug?

4. Dezember

Am nächsten Morgen passten mich Lilli, unsere Klassenqueen, und ihre zwei allerbesten Freundinnen vor dem Schulhaus ab. »Mirja«, sagte Lilli, »wir haben uns die Sache mit der Rollenverteilung überlegt. Also das geht gar nicht, dass du die Hauptrolle spielst. Weil ...«

»... du auf der Bühne nur rumhampeln würdest«, erklärte Amanda und tat so, als stolpere sie auf mich zu. »Ups!«

»Außerdem siehst du nach nichts aus«, ergänzte Mareike. »An dir ist kein bisschen Glamour, wenn ich das mal so sagen darf.«

»A...aber ich kann singen«, stotterte ich. »Und Löwenfeld hat mir die Rolle gegeben. Ich wollte sie ja gar nicht.«

»Genau! Siehst du, darum geht es uns ja – du willst die Rolle nicht, weil du stotterst und stolperst und nach nichts aussiehst. Du kannst nur ein bisschen singen. Na, was ist das schon?«, fragte Lilli und verdrehte die Augen.

»Deshalb haben wir beschlossen«, sagte Mareike energisch, »dass Lilli die Maria geben muss. Und wenn sie mal ein Liedchen singen soll, bewegt sie die Lippen, und du ...«, sie bohrte den Zeigefinger in meinen Bauch, »singst im Hintergrund. Kapiert? Und das wirst du Löwenfeld sagen!«

Was? Wie bitte? Ich soll im Hintergrund singen? Und im Hintergrund zusehen, wie Jonas/Josef die Lilli küsst? Soll die Background Voice geben – und damit sogar noch zufrieden sein? Also wirklich! Ich bin schüchtern, ich gehe jedem Streit aus dem Weg, aber wenn es ums Singen geht, hört für mich der Spaß auf. Weil die Musik und das Singen einfach das ist, was mir sehr wichtig ist, und das lasse ich mir nicht nehmen. Nicht mal von Lilli und ihren zwei allerbesten Freundinnen. »Das müsst ihr mit Löwenfeld ausmachen«, sagte ich leise und war plötzlich wahnsinnig sauer auf mich. Verdammt noch mal, warum schrie ich die drei nicht an!? Warum ließ ich mir ihre Gemeinheiten gefallen? Mirja, du siehst nach nichts aus – okay, das wusste ich selbst! Das brauchten die drei Hexen mir nicht noch unter die Nase reiben! »Ja, mit Löwenfeld müsst ihr das besprechen«, wiederholte ich nicht mehr ganz so leise und ballte die Fäuste. »Aber ... aber ... aber freiwillig gebe ich die Rolle nicht zurück.«

Jemand hinter mir klatschte und rief: »Bravo!«

Ich drehte mich um. »Yasin?«

»Bleib dran«, sagte er zu mir und fuhr dann die drei Freundinnen an. »Was steht ihr noch herum? Rennt doch zu Löwenfeld!«

»Halt du dich raus«, zischte Lilli. »Wenn ich daran denke, wie du um die Rolle des Wirts gekämpft hast, solltest du überhaupt den Mund halten!«

»Erschlichen hast du dir die Rolle!«, schrie Mareike. »Extra für dich musste Löwenfeld den Wirt ins Skript einbauen! *Sonst ist für mich mein türkisches Weihnachten gelaufen*«, äffte sie Yasin nach. »Warum eigentlich? Bist du so bühnengeil, dass du's nicht überwindest, wenn du nur die Trompete bläst?«

»Das ist meine Angelegenheit«, schrie Yasin.

»Und die Rolle der Maria ist unsere!«, brüllte Lilli zurück.

Inzwischen standen jede Menge Leute um uns herum: Jonas, mein Freund, viele von den Kleinen aus der Fünften, etliche aus meiner Klasse und sogar einige aus der Neunten und Zehnten. »Yasin«, sagte einer aus der Zehnten, »wenn die Lilli ein Junge wäre, könntest dich mit ihr prügeln. Aber sie ist ein Mädchen … Junge, bleib cool; in diesem Fall hast du die Arschkarte gezogen.«

»Na und? Deshalb halt ich noch lange nicht meinen Mund!«, wehrte sich Yasin.

»Solltest du aber, du Blödmann!«, giftete Mareike. »Jemand, der Löwenfeld so lange beschwatzt, bis er eine neu erfundene Rolle bekommt, sollte sich nicht in Dinge mischen, die ihn nichts angehen.«

»Ich mische mich aber ein!«, schrie Yasin. »Wenn du die Maria gibst«, er zeigte auf Lilli, »geb ich meine Rolle zurück, nur dass du das weißt!«

»Du willst eine Rolle zurückgeben, die im Stück sowieso nicht vorkommt!?«, Lilli lachte höhnisch. »Was für ein tolles Kunststück!«

Ich hatte ja auch keinen blassen Schimmer, weshalb Yasin unbedingt die Rolle des Wirts haben wollte, aber ich fand's toll, wie er mich unterstützte. Mein Jonas war überhaupt keine Hilfe; steif wie ein Stock stand er da und bekam den Mund nicht auf. Aber in seinen Augen stand ganz klar das Wort *Zickenterror*. Gerade als ich *Streitet doch nicht!* sagen wollte, kam Löwenfeld über den Hof und direkt auf uns zu. Die Leute, die um uns herum standen, machten ihm Platz.

»Worum geht's?«, wollte er wissen.

»Um die Rolle der Maria«, antwortete Lilli sofort. »Mirja hat gesagt, ich kann sie spielen. Dafür singt sie die Background Voice.«

»Ja«, bestätigte Mareike. »Weil Mirja schüchtern ist, traut sie sich nämlich nicht auf die Bühne.«

»Und sowieso sieht Lilli viel toller aus als Mirja«, ergänzte Amanda.

Ich dachte, ich höre nicht recht… vor meinen Augen flimmerte es, mir wurde richtig schlecht, ich schluckte und fühlte, wie mir mal wieder gleichzeitig heiß und kalt wurde.

Wie können Mädchen, mit denen man in dieselbe Klasse geht, nur so fies sein, dachte ich noch, aber dann … dann brüllte ich los. »Das stimmt alles nicht!«

Ich glaube, es war das erste Mal in meinem Leben, dass ich mich auf diese Art wehrte. Ich brüllte! Ich schrie so laut wie noch nie! Aber klar, Musik und Singen sind mir absolut wichtig, und wenn mir was wichtig ist, dann kämpfe ich auch dafür. Nur war's eben das erste Mal, dass ich für meine Stimme kämpfen musste. Und deshalb auch für die Rolle der Maria.

»Herr Löwenfeld, Sie haben Mirja die Rolle der Maria gegeben; wir alle haben das gehört.« Yasin war total aufgeregt. »Und jetzt behaupten die drei, Mirja wolle die Rolle nicht. Das stimmt nicht!«

Eines muss man Löwenfeld lassen: er blieb cool. »Mirja, du wirst die Maria singen?«

Ich nickte. »Ich hab nie gesagt, ich …«

»Aber sie stottert und stolpert und überhaupt ist Mirja schüchtern!«, rief Amanda. »Und Lilli sieht viel besser aus als Mirja!«

Mann, wie ich das alles satthatte! Warum hacken die nur immer auf meinem Aussehen herum, fragte ich mich. Und das, wo doch Jonas alles mit anhört! »Ich singe aber besser«, entgegnete ich bockig.

»Als ob's darauf ankäme! Mirja kann im Hintergrund …«

Da hatte Chris Löwenfeld genug. »Es bleibt dabei: Die Rollen wurden verteilt, und daran wird sich nichts mehr ändern. Es sei denn, es gibt einen zwingenden Grund.«

»Und der wäre?«, erkundigte sich Lilli hochnäsig.

»Änderung des Wohnorts oder Krankheit zum Beispiel.«

»Änderung des Wohnorts würde Umzug in eine andere Stadt bedeuten?«, wollte Amanda wissen. »Na ja… Mirja, umziehen wirst du wohl nicht, oder?«

Natürlich schüttelte ich den Kopf. Wir waren ja erst vor wenigen Monaten in das Dorf gezogen und hatten überhaupt keinen Grund, nochmals unsere sieben Sachen einzutüten und ganz woanders, im Norden Deutschlands etwa, eine Wohnung einzurichten. Allein der Gedanke daran würde bei meiner Mutter eine Krise allergrößter Güte hervorrufen. Aber wie ich noch den Kopf schüttelte, sah ich, wie Lillis Augen zu funkeln begannen. »Eine Krankheit«, wiederholte sie versonnen. »Krankheit wäre also ein zwingender Grund, eine Rolle neu zu verteilen. Aha. Soso.«

Chris Löwenfeld stutzte. Dann hielt er Lilli seinen Zeigefinger vor die Nase. »Ich warne dich, Lilli. Falls Mirja plötzlich krank würde, würdest du die Rolle der Maria nicht bekommen. Und warum? Weil du ein sehr hübsches Mädchen bist, das aber leider nicht singen kann.«

Lilli wurde feuerrot. Sie warf ihre kupfergoldene Mähne zurück und fauchte Löwenfeld an: »Ich bräuchte nur die Lippen zu bewegen!«

Jetzt wurde Löwenfeld richtig sauer. »Es bleibt dabei: Mirja singt die Maria, und ihr drei gebt die Engel. Basta.«

Wieder applaudierte Yasin. »Bravo!«

Ich atmete auf. Dann schaute ich Jonas an. Er lächelte mir zu und hob den Daumen. »Egal wie du aussiehst – du hast eine tolle Stimme! Und mach dir nichts daraus, wenn du auf der Bühne stolperst. Das kann dem besten Schauspieler passieren.«

»Wieso sollte ich stolpern?«, erwiderte ich verdutzt.

»Weil… weil Lilli und ihre Freundinnen sagten, du würdest stolpern«, antwortete Jonas verlegen.

»Ich. Stolpere. Nicht«, entgegnete ich wütend und betonte dabei jedes Wort.

Da legte Yasin seine Hand auf Jonas' Schulter. »Man muss seine Freundin unterstützen. Nicht einfach nachplappern, was drei fiese Hexen behaupten. Und sowieso kompletter Quatsch ist.«

Jonas wurde rot und schubste Yasins Hand von der Schulter. »Halt du dich raus!«

»Das wurde mir heute schon mal gesagt. Ich wiederhole: Wenn

ich merke, dass jemand nicht fair ist und eine andere Person mobbt, mische ich mich ein. Kapiert?« Da stieß Jonas die Faust in Yasins Bauch, Yasin kickte ihn ans Schienbein – und schon war die schönste Prügelei im Gange.

Im Nu standen wieder jede Menge Leute im Kreis um die zwei Kämpfenden und feuerten sie an. »Gib's ihm, Yasin, Jonas hat angefangen! Los, hau drauf!«

Bis Chris Löwenfeld wieder angerannt kam und die zwei trennen konnte, bluteten beide aus der Nase, und Jonas hatte sogar noch eine Kratzwunde an der rechten Backe.

»Was soll der Blödsinn?«, fuhr Löwenfeld sie an. »Warum habt ihr euch geprügelt?«

Yasin und Jonas schnäuzten Blut in ihre Taschentücher und blickten zu Boden.

»Los! Raus mit der Sprache! Ich verlange eine Erklärung!«, beharrte Löwenfeld.

Die beiden sagten nichts. Plötzlich piepste ein Kleiner aus der Fünften: »Ich glaube, die haben sich deshalb geprügelt, weil drei Hexen was behaupten, was ein kompletter Quatsch ist. Das hat der gesagt«, der Kleine deutete mit dem Zeigefinger auf Yasin, »dann hat der andere«, er deutete auf Jonas, »gesagt, er solle sich raushalten, und dann ging die Schlägerei los. So war das«, sagte der Kleine entschieden.

Chris Löwenfeld fuhr sich mit beiden Händen durch die Haare. »Drei Hexen?«, wiederholte er verwirrt.

»Der Kleine hat überhaupt nichts kapiert«, mischte sich Lilli plötzlich ein. »Jonas will ja auch, dass ich die Rolle der Maria bekomme. Nur deshalb hat er sich mit Yasin geprügelt.«

Chris Löwenfeld wandte sich an Jonas. »Stimmt das? Du willst, dass Lilli die Maria singt? Hab ich das richtig verstanden? Ist das dein Ernst?«

Jonas blieb stumm, aber jetzt waren alle Augen auf ihn gerichtet. Ich hielt den Atem an – warum sagte er nichts? Jonas war mein Freund; ein Junge muss doch zu seiner Freundin stehen … Aber Jonas schwieg noch immer. Verdammt! Warum sagt er nicht: ›Natürlich muss Mirja die Maria singen‹?

Yasin schnäuzte Blut ins Taschentuch. »Das Ganze ist ein Missverständnis«, sagte er dann. »Natürlich will Jonas, dass Mirja die Maria singt. So ist es doch, was?« Er stieß Jonas in die Seite.

»Ich habe nur gesagt, es würde mir nichts ausmachen, wenn Mirja auf der Bühne stolpert«, erklärte Jonas leise und hielt dabei die Augen noch immer gesenkt.

»Er weiß nämlich«, mischte sich Lilli wieder ein, »dass Mirja schüchtern und unbeholfen ist. Und Sie sollten das auch wissen, Herr Löwenfeld«, setzte sie triumphierend hinzu.

Yasin stöhnte auf. »Oh mein Gott …!«

Fast hätte ich mitgestöhnt. Warum stellte sich Jonas nicht hinter mich? Warum plapperte er einfach nach, was Lilli und ihre Freundinnen behaupteten?

»Das Thema ist vom Tisch. Wer die Maria singen wird, steht fest«, sagte Chris Löwenfeld energisch. »Es wäre gut, wenn ihr euch alle mit meiner Entscheidung abfinden würdet. Im Übrigen gilt, dass Meinungsverschiedenheiten nicht mit Fäusten geregelt werden. Das wisst ihr, daran habt ihr euch zu halten. Haben wir uns verstanden?«

Jonas nickte, aber Yasin stemmte die Hände in die Hüften. »Aber was ist, wenn eine Person gemobbt wird, Herr Löwenfeld? Sie können nicht von mir verlangen, dass ich in einem solchen Fall tatenlos zuschaue.« Dabei blickte er unserem Musiklehrer in die Augen, dann drehte er sich um und marschierte in Richtung Eingang. Die Leute, die um uns herum standen, machten ihm eine Gasse frei. Einige pfiffen anerkennend, und einer sagte: »Der Yasin ist ein echter Freund. Das ist kein solcher Feigling wie das Würstchen da.« Er deutete mit dem Kinn auf Jonas.

Am liebsten hätte ich geheult, so enttäuscht war ich, denn mein Freund Jonas war wirklich ein Feigling.

5. Dezember

Meine Ma ist die Sekretärin von Fritz Geier, der vor ein paar Jahren einen Catering-Service in der Stadt aufgezogen hat und inzwischen eine Menge Kunden beliefert, wenn sie einen Empfang oder ein Fest veranstalten. Fritz Geier ist Single; seitdem sich meine Eltern getrennt haben, kümmert er sich um meine Mutter. Er fährt sie abends oft nach Hause, manchmal gehen sie sogar zusammen ins Kino, und wenn ein Event richtig gut gelaufen ist, ruft er sie ganz spät noch an und berichtet ihr, was der Kunde oder die Kundin über den Service gesagt haben.

Meine Schwester Leonie und ich vermuten, dass er sich in unsere Mutter verliebt hat. Das ist kein Wunder: sie sieht immer noch fabelhaft aus, und bevor sich unser Vater in die Megatussi Yvonne verliebte, war sie fröhlich und echt gut drauf. Natürlich wünschen wir uns, dass sie glücklich ist. Aber Fritz Geier als Stiefvater?!

Das will uns nicht in den Kopf. Wir vermuten mal, dass Geier mit Kindern nichts am Hut hat. Klar, manchmal schenkt er uns Schokolade, aber noch nie hat er uns eingeladen. Nicht in den Zoo, nicht zum Baden, zum Skilaufen oder zu sonst was.

Das ist mies, finden wir. Deshalb waren wir auch sauer, als unsere Mutter am Abend des 4. Dezembers sagte, sie würde am Wochenende mit Geier an den Bodensee fahren.

»Aber am Sonntag ist der 2. Advent«, jammerte meine kleine Schwester, und schon standen ihr die Tränen in den Augen. »Immer haben wir die Adventssonntage zusammen gefeiert. Weißt du das nicht mehr?«

»Ich bringe euch Plätzchen mit, Mirja kocht Kakao, und ihr feiert einfach mal ohne mich«, tröstete meine Ma meine Schwester.

»Wie?« Leonie heulte los. »Nicht mal Plätzchen backen wir zusammen? Die ollen Dinger vom Geier rühr ich nicht an, die schmecken nach Pappe!«

Das stimmte nicht; die Plätzchen waren eins a, und eigentlich hatte ich nichts dagegen, übers Wochenende mutterlos zu sein. Dann hätte ich nämlich Zeit, die Sache mit Jonas in Ordnung zu bringen. Er war ein Feigling, keine Frage. Aber er war auch mein erster Freund. Verlieren wollte ich ihn auf keinen Fall, doch ich hatte mir vorgenommen, mit ihm Klartext zu reden. So in der Art von: Hör mal, was hast du dir eigentlich dabei gedacht, einfach die Meinung der drei Hexen nachzuplappern? Du hättest mich unterstützen müssen!

Dazu gehört Mut, und weil ich die neue mutige Mirja sein wollte, musste ich mir unbedingt den Kerl vorknöpfen – schließlich ging es um mehr als nur um die Rolle der Maria. Es ging um unsere gemeinsame Zukunft! Je schneller ich ihm das klarmachte, desto rosiger würde die aussehen. Und überhaupt – es war ja bekannt, dass Jungs emotional gesehen uns Mädchen hinterherhinken, was bedeutet, dass wir auf diesem Gebiet echt anstrengende Aufbauarbeit leisten müssen.

In Gedanken klopfte ich mir auf die Schultern: Du machst das schon, Mirja, sagte ich mir. Du musst nur vor dem Badezimmerspiegel üben, was du ihm sagen wirst. In null Komma nichts wird Jonas kapieren, dass Lilli ein Biest erster Güte und keinesfalls zu unterschätzen ist.

Doch bevor ich mich meiner Zukunft mit Jonas widmen konnte, brauchte ich ein sturmfreies Häuschen. Ich musste also meine Schwester Leonie dazu bringen, sich mit ihrer allerbesten Freundin zu verabreden. Vielleicht sogar dazu, bei ihr zu übernachten … Meine Gedanken überschlugen sich. Mann oh Mann – welche Möglichkeiten taten sich für mich und Jonas auf!

Dann, am Abend des 5. Dezembers, also heute, kam Geier mit einer ganzen Schachtel voller Plätzchen, Nikoläuse, Schokokugeln und Zuckersterne an.

»Ich will meine Mama haben und nicht das ganze süße Zeug, das nur Löcher in meine Zähne frisst!«, weinte Leonie und fegte die Schachtel vom Tisch.

Die guten Sachen landeten auf dem Küchenboden, unsere Ma entschuldigte sich, Fritz Geier bekam einen roten Kopf vor Wut und sagte, wobei er so heftig die Zähne zusammenpresste, dass wir ihn kaum verstanden: »Das Kind ist schlecht erzogen. Christa, du musst ihr Manieren beibringen.«

Unsere Mutter heißt Christa, und obwohl Leonie wirklich unhöflich war, hatte Geier nicht das Recht, ihre Erziehung zu kritisieren. Zum Glück sah das unsere Mutter auch so.

»Fritz«, sagte sie, »das Kind ist unglücklich. Wir verschieben das Wochenende bis zum Frühling.«

Leonie hing schluchzend am Hals meiner Mutter, Geier funkelte meine Schwester böse an, und ich war echt verzweifelt. Mann, mein schönes Jonas-Wochenende drohte in die Binsen zu gehen!

»Leonie«, flüsterte ich in ihr Ohr, »wir denken uns was ganz Tolles aus. Du wirst schon sehen … Wir zwei beide ganz allein im Haus!«

»Siehst du«, sagte unsere Mutter zu Geier, »ich kann die beiden unmöglich sich selbst überlassen; die Kinder werden nur Unfug anstellen.«

»Aber Mirja ist schon zwölf!«, rief er.

»Dreizehn«, verbesserte ich ihn automatisch.

»Eben. Mit dreizehn Jahren ist ein Kind schon fast erwachsen.«

Na ja … Das Ende vom Lied war, dass unsere Mutter klein beigab und Geier versicherte, sie würde mit ihm an den Bodensee fahren.

Kaum war Geier aus dem Haus, rannte ich nach oben und rief Jonas an. »Du! Sturmfreie Bude von Freitagabend bis Sonntagabend! Was sagst du dazu?«

Zuerst sagte Jonas gar nichts. Überhaupt nichts. »Was ist? Freust du dich nicht? Wir haben jede Menge Zeit für uns.«

»Klar. Super. Was hast du vor?« Jonas klang nicht gerade begeistert, aber ich Blödfrau achtete nicht darauf.

»Wir könnten zuerst auf den Weihnachtsmarkt gehen, dann kuscheln wir noch im Stall. Oder bei uns im Haus – vorausgesetzt, ich werde meine Schwester los.«

»Was ist, wenn ich meinem Vater helfen muss?«

»Doch nicht die ganze Zeit!«, rief ich. »Nicht am Samstag *und* am Sonntag!«

»Möglich wär's«, murmelte Jonas.

Plötzlich wurde mir ganz kalt. Irgendwas war mit ihm nicht in Ordnung. »Sag mal, ist da was, von dem ich nichts weiß?«

Da wurde Jonas richtig ruppig. »Quatsch. Was sollte schon sein?«

»Sicher?«

»Na klar.«

Ich starrte mein Handy an. Mir war immer noch kalt, und ich wurde den Verdacht nicht los, dass Jonas mir was verheimlichte.

Später schlüpfte ich zu Leonie ins Bett. »Für den Freitagabend leihen wir uns ein paar DVDs aus. Was möchtest du denn gerne sehen, Leonie?«

»Prinzessinnenfilme«, flüsterte sie. »Bis Mitternacht.«

Ich schluckte. Das war schlimmer, als ich befürchtet hatte. »Einverstanden. Und am Samstag? Möchtest du dich mit deiner Freundin verabreden? Mit Sylvia?«

»Wozu?«

»Ihr könntet etwas zusammen unternehmen, und vielleicht möchtest du ja sogar bei ihr übernachten?«

»Dann wärst du ganz allein, Mirja. Das geht nicht.«

»Och«, antwortete ich und tat so, als müsste ich sehr tapfer sein, »mir würde das nichts ausmachen. Hauptsache, du bist glücklich, Leonie.«

Meine kleine Schwester schwieg. Doch gerade, als ich dachte, sie wäre eingeschlafen, meinte sie leise: »Ich könnte Papa besuchen.«

Oh je. »Papa ist jetzt mit Yvonne zusammen. Das weißt du doch. Du würdest ihn nur stören.«

»Ja, aber er ist trotzdem mein Papa.« Leonie setzte sich auf. »Vielleicht hat er Sehnsucht nach mir. Vielleicht will er mich nur nicht sehen, weil Yvonne dann sauer ist? Vielleicht würde er sich über meinen Besuch freuen. Was meinst du, Mirja?«

Ich zog sie wieder aufs Kissen zurück. »Keine Ahnung, Leonie. Es wäre bestimmt besser, wenn du dich mit deiner Freundin verabreden würdest.«

»Meinst du?«

»Ja.«

»Na, mal sehen.« Leonie steckte ihren Daumen in den Mund; ich zog ihn heraus. »Lass das; du bist kein Baby mehr.«

Als ich Leonies ruhigen Atem hörte, legte ich mich in mein Bett. Aber schlafen konnte ich nicht; ich musste noch über eine ganze Menge nachdenken.

Der Tag war irgendwie komisch gewesen.

Auf der Fahrt zur Schule saß ich neben Jonas. »Übers ganze Wochenende muss ich meinem Vater helfen«, sagte er sofort. »Holz machen. Im Wald. Hab also keine Zeit für dich.«

Er schaute mich nicht an, er rückte sogar ein Stück von mir weg. »Auch nicht am Samstagabend?«

»Ne.«

»Warum denn nicht?«

Er hob die Schultern. »Darum halt.«

Vor lauter Enttäuschung füllten sich meine Augen mit Wasser. Ja, ich bin schüchtern und ich mag keinen Streit. Aber das heißt noch lange nicht, dass ich mich einem Jungen an den Hals werfe. Nicht mal Jonas, meinem ersten richtigen Freund. Ich schluckte die Tränen runter. »Verstehe. Wenn's so ist, kann man nichts machen.«

»Genau«, sagte Jonas und rieb sich die Hände.

In der letzten Stunde hatten wir Musik bei Chris Löwenfeld, und weil sich jetzt alles um das Musical drehte, übte er mit Lilli, Amanda und Mareike den Engelsong. »*Hark! The Herald Angels Sing*...

Es klang grauenhaft, weil die drei die Töne entweder zu hoch oder zu tief sangen. Chris Löwenfeld verlor die Geduld, wir alle mussten aufstehen und mitsingen, dann, so nach einer guten Viertelstunde, klappte es einigermaßen.

Als die Engel das Lied dann wieder allein sangen, fiel mein Blick auf Lilli. Und was sah ich? Sie bewegte nur die Lippen.

Löwenfeld ist nicht blöd, er sah das auch. Und rastete aus. »Jetzt wirst du das Lied alleine singen, Lilli!«

Die meisten in unserer Klasse hielten sich die Ohren zu, einige grinsten spöttisch, und einer sagte sogar: »Nur schön zu sein reicht eben nicht, Lilli.«

Lilli war beleidigt. Sie machte »Pffff!«, warf die kupfergoldene Mähne zurück und stolzierte aus dem Klassenzimmer – es hatte gerade geklingelt.

Auf dem Flur war der Engelschor Schulgespräch. »Das wird ein Reinfall«, »Löwenfeld muss die Rolle der Engel neu besetzen«, »Das gibt 'ne super Blamage« ... das waren noch die freundlichsten Kommentare.

Weil der Bus immer zügig abfährt, beeilte ich mich, rannte den Flur entlang und die Treppe runter, über den Hof und zum Bus. Und was war?

Obwohl ich absolut sicher wusste, dass Jonas zur selben Zeit nach Hause fahren würde, fehlte er.

Der Bus fuhr ohne ihn ab.

Klar, dass ich am Nachmittag zu ihm rüberging. »Wo warst du?«

»Ich musste nachsitzen. Und jetzt hab ich eine saftige Strafarbeit. Dauert garantiert noch Stunden, bis ich die erledigt habe.«

Natürlich bedauerte ich ihn. Doch dann, so gegen sechs, rief Yasin an. Das wunderte mich; Yasin geht mit Jonas in dieselbe Klasse, das wusste ich natürlich, aber er hatte mich noch nie angerufen. »He!«, sagte ich erstaunt. »Ist was?«

»Nö. Ich hab nur gehört, dass die Engel überhaupt nicht engelsgleich gesungen haben. Richtig?«

Petzen ist nicht mein Ding. »Na ja«, wich ich aus. »Das wird schon noch.« Und dann fiel mir Jonas ein. »Warum musste Jonas nachsitzen und bekam auch noch eine Strafarbeit?«

Ich hörte, wie Yasin den Atem einzog. »Das musst du ihn schon selbst fragen.«

»Er wollte es mir nicht verraten«, klagte ich.

»Sag mal, Mirja, hast du am Samstagnachmittag schon etwas vor? Wir könnten zusammen über den Weihnachtsmarkt gehen. Zuckerwatte essen, Cola trinken, du weißt schon.«

Mir blieb die Spucke weg. »Mal sehen.« Ich lag im Bett und fragte mich, ob ich einfach mit einem anderen Jungen ausgehen sollte. Jonas hatte am Wochenende ja keine Zeit, also sah es mit meiner Aufbauarbeit für eine gemeinsame Zukunft düster aus. Dazu kam, dass er sich so komisch benommen hatte. Ob alle Jungs so waren? Einmal voll begierig auf ein Date mit ausgiebigem Knutschen, dann wieder abweisend bis zum Gehtnichtmehr?

Eins stand fest: Das Leben war ganz schön kompliziert.

6. Dezember

Am Freitag saß ich neben meiner kleinen Schwester im Schulbus. Jonas fehlte; war er krank? Oder schwänzte er die Schule, um seinem Vater zu helfen?

Wie an jedem Morgen dösten die meisten von uns vor sich hin, einige schrieben Hausaufgaben ab, andere lernten noch schnell ein paar Vokabeln. Ich starrte aus dem Fenster. Es war ein trostloser Morgen; es regnete, nach und nach ging der Regen in Schnee über, schon lag Matsch auf der Fahrbahn und auf den Gehwegen, und die Fußgänger gingen dicht an den Häusern entlang, um von den Fahrzeugen nicht vollgespritzt zu werden. Gerade als der Bus in die Straße einbog, in der sich unsere Schule befand, überholte er einen Radfahrer – Jonas. Ich erkannte ihn an seinem grünen Anorak und dem Rucksack. Warum fuhr er an einem so nassen Morgen mit dem Rad zur Schule? Mein Herz klopfte heftig, ich presste meine kalten Hände zusammen, und natürlich bekam ich in den ersten Stunden vom Unterricht nichts mit, weil mich nur eine einzige Frage beschäftigte: Was war los mit Jonas?

Erst als ich ihn in der großen Pause neben Lilli stehen sah – Lilli, von der er immer behauptet hatte, sie sei nicht sein Typ – dämmerte mir, dass was Schlimmes im Busche war. Als Amanda und Mareike mich erspäht hatten, stellten sie sich nämlich sofort vor die beiden und grinsten so blöd wie nur was zu mir rüber. Totale Schadenfreude stand in ihren Augen; ich fühlte mich wie das allerletzte und längst verwelkte Mauerblümchen. Weil ich schüchtern bin und mich nicht gerne streite, haute ich ab und verkroch mich in die hinterste Ecke unseres Schulhofs.

Ich stopfte mein Pausenbrot in die Jackentasche, wo es jede Menge Fettflecken hinterließ. Aber das machte mir nichts aus, überhaupt nichts. Dazu hatte ich keine Energie übrig, ich war nämlich so wütend wie noch nie in meinem Leben. Klar, ich war wütend auf Jonas. Und auf Lilli, das schönste Mädchen unserer Schule und unsere Klassenqueen. Es war einfach nicht zu fassen: Die krallte sich doch jeden, egal, ob er mit einem anderen Mädchen befreundet war. Aber so war sie eben; vor ihr war kein Junge sicher.

Noch wütender war ich aber auf mich. Verdammt, es sah ganz danach aus, als ob sich mein Freund an eine andere ranmachte. Und was tat ich? Ich zog den Schwanz ein und verkrümelte mich.

Mirja, schimpfte ich mit mir, es wird Zeit, dass du dich total änderst. Du musst mutig werden, du musst kämpfen! Aber – wie soll ich mutig sein, wenn mir nie das richtige Wort einfällt? Oder Stunden zu spät? Und überhaupt – wie kämpft man denn so? Mit Worten, mit Geschrei, mit Fäusten? Mit allem zusammen?

Als die Pause zu Ende war und wir ins Klassenzimmer drängelten, kam Lilli mit glänzenden Augen und feuerroten Wangen als letzte an. Mareike und Amanda tuschelten mit den anderen Mädchen, die drehten sich zu mir um, schauten mich richtig mitleidig an und Ruth, sie hat dünne Haare und eine extrem spitze Nase, sagte so laut, dass ich es hören musste: »Voll der Wahnsinn, Lilli! Gratuliere; das war's dann wohl mit Jonas und Mirja.«

Unser Mathelehrer war noch nicht im Klassenzimmer; ich starrte angestrengt in mein Heft und tat so, als überlege ich mir den Lösungsweg einer wahnsinnig komplizierten Aufgabe. Mir war schlecht. O Gott, war mir übel! Am liebsten wäre ich heimgegangen, aber das ist das Blöde, wenn man auf den Schulbus angewiesen ist: man muss auf ihn warten. Bei Schneeregen im Pausenhof? Das war unmöglich; jeder Lehrer würde mich ins Krankenzimmer schicken. Das wollte ich nun wirklich nicht, also saß ich die Stunden ab und versuchte, meiner Enttäuschung Herr zu werden. Sie runterzuschlucken. Auf bessere Zeiten hoffen.

Das schaffte ich nicht. Ich wünschte Lilli die Pest an den Hals. Oder wenigstens eine schwere Grippe mit Fetthaaren, Husten und einer feuerroten Nase. Und jeder Menge Pickel – einen juckenden Ganzkörper-Pickelausschlag wünschte ich ihr!

Und Jonas sollte sich ... was ich Jonas an den Hals wünschte, behalte ich lieber für mich. Der Wunsch würde mich in einem sehr schlechten Licht zeigen.

Ehrlich gesagt war ich so in meine Pech-und-Rache-Fantasien vertieft, dass ich keine Ahnung hatte, wie ich nach der sechsten Stunde aus dem Klassenzimmer und auf den Hof gekommen war.

Erst als mich meine kleine Schwester am Ärmel zupfte, kam ich zu mir. »Was hast du gesagt, Leonie?«

»Bist du mir wirklich nicht böse, wenn ich heute bei Sophie übernachte?«

»Überhaupt nicht«, antwortete ich. Es war nicht gelogen; ich

wünschte mir nur noch einen hundertjährigen Schlaf. Totales Vergessen eben.

So kam's, dass Leonie mit nach Hause fuhr, ihr rosa Prinzessinen-Übernachtungsköfferchen packte und kurz vor zwei mit dem Bus in die Stadt zurück und zu Sophie düste.

Ich setzte mich auf die Bank vorm grünen Kachelofen, zog die Beine hoch, spürte, wie die Tränen über meine Wangen kullerten und fragte mich, was ich falsch gemacht hatte.

Was, verdammt noch mal, hatte ich nicht richtig gemacht???

Okay, vielleicht hatte ich ein bisschen geklammert, aber Jonas hatte sich nie darüber beschwert. Im Gegenteil; er war es gewesen, der immer das nächste Date ausmachte. Immer. Ohne Ausnahme.

Also konnte es nicht am Klammern liegen.

Blieb Lilli.

Lilli, die Klassenqueen. Die Schönste der Schule. Gegen sie kam ich graue Maus nicht an. Niemals. Nicht in tausend Jahren. Was hatte ich schon zu bieten?

Nichts.

Nur meine Stimme war schöner als ihre. Aber selbst das würde nach Weihnachten, nach Chris Löwenfelds idiotischem Musical, nicht mehr zählen. Mirja, sagte ich mir schließlich, du hast eine Niederlage erlitten. Dein Lover hat dich wegen einer anderen, Schöneren, verlassen. Genau das ist auch deiner Mutter passiert; auch sie wurde wegen einer anderen, Schöneren von ihrem Mann, unserem Pa, verlassen. Aber was ist? Sie hat einen Neuen.

Wäre doch gelacht, wenn du nicht auch einen Neuen an Land ziehen könntest. Ich wollte aber keinen Neuen! Ich wollte Jonas!!!

Es war totenstill in unserem Häuschen. Mein Rücken war kachelofenwarm, mein Herz so kalt wie der Schneeregen vorm Fenster, meine Gedanken so trostlos wie der ganze Tag, an dem es keine Minute lang richtig hell geworden war, und das trübe Licht allmählich in eine noch dunklere Dämmerung überging.

Ich muss eingenickt sein, denn ich schrak zusammen, als mich meine Mutter rüttelte. »Mirja, wo ist Leonie?«

»Bei Sophie. Sie übernachtet auch bei ihr«, sagte ich, rieb mir die Augen und sah, dass sie ihre schicksten Jeans, neue kniehohe Stiefel und eine brandneue daunengefütterte schwarze Jacke mit einem

Pelzkragen trug. Beim Friseur war sie auch gewesen. »Fritz wartet im Auto. Ich muss los, Mirja. Pass auf deine Schwester auf, hörst du? Und …« Sie stand schon an der Tür. »Ich rufe heute Abend an. So gegen acht, neun. Um zu hören, wie es dir geht.«

Sie kam nochmals zurück, drückte mir einen Kuss auf die Stirn, sagte »Macht keinen Blödsinn« – dann hörte ich, wie zuerst die Haus-, dann die Autotür zugemacht wurde, ein Motor heulte auf, wurde leiser und leiser, verklang in der Ferne … Dann hörte ich nur noch die totale Stille. Wirklich, die konnte ich hören.

Natürlich war ich immer mal wieder allein im Haus gewesen. Aber da hatte ich gewusst, dass es sich nur um Minuten, höchstens Stunden handeln konnte. Jetzt fühlte ich mich nicht nur allein, sondern so einsam, wie sich jemand fühlen muss, der auf einer unbekannten Insel gestrandet ist und weiß, dass er vermutlich eine Ewigkeit dort festsitzen wird.

Warum musste auch alles an einem einzigen Tag zusammenkommen? Meine Schwester übernachtete zum ersten Mal seit unserem Umzug wieder bei einer Freundin (und ich Depp hatte das auch noch eingefädelt!), meine Mutter machte sich zum ersten Mal nach der Trennung von meinem Pa ein tolles Wochenende mit ihrem neuen Lover, und ich hatte heute mitbekommen, dass sich mein erster Freund eine andere angelacht hatte. Zufälle gibt's, die sollte es nicht geben dürfen, dachte ich und machte erst mal das Licht im ganzen Haus an. Dann drehte ich das Radio auf volle Lautstärke, schaltete den Fernseher ein, kochte mir einen Topf Kakao, tat ordentlich Zucker dazu, holte eine Tüte Chips aus der Speisekammer und machte es mir gemütlich.

Genauer: Ich wollte es mir gemütlich machen, aber so richtig klappte das nicht. Der Kakao war zu süß, die Chips zu salzig, das Fernsehprogramm total bescheuert, die Einsamkeit nicht auszuhalten.

Um 17 Uhr 30 war ich so kribbelig, dass es mich nicht mehr im Sessel hielt. Ich hätte einen Aufsatz schreiben, Bio lernen oder etliche Matheaufgaben lösen können. Ich hätte die Zeit sinnvoll nützen können … wenn nicht das totale Unglück an einem einzigen Tag über mich gekommen wäre.

Bis 18 Uhr hielt ich es aus, dann rief ich bei Sophies Eltern an. »Ist alles klar mit Leonie?«

»Wieso fragst du?«, erwiderte Sophies Mutter.

»Sie übernachtet doch bei Sophie. Ich wollte nur wissen …«

»Leonie ist nicht bei uns. Keine Sekunde war sie hier; Sophie ist allein von der Schule nach Hause gekommen.« Ich hörte, wie Sophies Mutter »Sophie!« rief, hörte, wie jemand die Treppe runterrannte und sagte: »Leonie? Nein, die hat heute nichts davon gesagt, dass sie bei mir übernachten will.«

»D…da muss ich mich verhört haben«, stotterte ich und drückte die AUS-Taste. Auch das noch …

Das dachte ich zuerst, dann: Warum hat sie mich belogen? Dann: Muss meine Ma anrufen!, dann: WO IST MEINE KLEINE SCHWESTER?

Meine Finger zitterten so sehr, dass es dauerte, bis ich auf dem Handy die Nummer meiner Mutter gefunden hatte und sie auch anrufen konnte. Das Unglück blieb mir treu: Ich hörte zwar den Klingelton, aber meine Ma hatte das Handy wohl stumm geschaltet. Jedenfalls meldete sie sich nicht.

Mein nächster Gedanke war: DIE POLIZEI!

Wie war das nochmals mit der Notfallnummer? War das die 100, 110 oder 120? Wo, verdammt noch mal, war unser Telefonbuch? Man sollte es nicht glauben – ich fand es nicht. Nicht in der Diele, nicht im Wohnzimmer, nicht im Küchenschrank, nicht im Klo. Nirgends. Es war unauffindbar.

Der Volksmund sagt, dass ein Unglück selten allein daherkommt. Ich jedenfalls stand gerade unter einer eiskalten Dauerdusche – das Unglück prasselte nur so auf mich herunter.

Ich hatte echt keinen Plan, was zu tun war. Also rannte ich zuerst einmal zur Haustür und riss sie auf: Der Schneeregen hielt an, allerdings war es spürbar kälter geworden. Bald waren die Straßen spiegelglatt – und dann?

Ich sah meine kleine Schwester, das rosa Prinzessinnen-Köfferchen hinter sich her ziehend, auf den Straßen umher irren. Durch und durch nass, frierend, hustend und niesend. »Leonie!«, rief ich in die Dunkelheit und hielt den Atem an.

Nichts tat sich.

Keine kleine Schwester antwortete, nur das Krächzen eines Rabens drang an mein Ohr.

»Leonie!«, rief ich wieder und wieder, bis ich einsah, dass sie wirklich nicht ums Haus herumstrich.

Die Angst um meine Schwester wurde übermächtig. Mirja, tu was, befahl ich mir. Und da, in genau diesem Augenblick, erinnerte ich mich, dass sie gestern Abend im Bett etwas über unseren Vater sagte. Oje.

Unser Pa war jetzt mit seiner Yvonne zusammen – mit der Frau, die uns hasste. Die nichts von uns wissen wollte. Die alles unternahm, dass wir unseren Pa nicht besuchten.

War Leonie so verzweifelt, dass sie statt zu Sophie zu unserem Pa gefahren war? Wenn ja – warum? Was hatte sie vor? Petzte sie, dass sich unsere Ma mit ihrem Lover ein schönes Wochenende gönnte? Das hätte sie mir doch sagen können, wütete ich und schrak zusammen, weil das Telefon klingelte.

Mein erster Gedanke war: Leonie ruft an!

Ich raste ins Wohnzimmer, hob ab und rief: »Ja, hallo?!«

Es war meine Mutter. »Ist bei euch alles in Ordnung?«

Weiß der Teufel, weshalb ich meine Mutter anlog. »Klar ist alles in Ordnung. Wir haben Kakao gekocht, sitzen auf dem Sofa und sehen fern.«

»Na dann …« Ich hörte ganz deutlich die Erleichterung in der Stimme meiner Mutter. »Geht nicht zu spät ins Bett, Leonie.«

»Bestimmt! Du, der Film ist superspannend. Ich leg auf. Okay?«

Puh, das war knapp gewesen … Mit zitternden Fingern legte ich den Hörer auf, rannte zurück in den Flur, griff mir den Anorak, wickelte den Schal um den Hals, stopfte meine langen Haare unter die Mütze, schnappte mir die Handschuhe und im allerletzten Augenblick die Hausschlüssel und knallte die Tür hinter mir zu.

Ich musste meine Schwester suchen, und da um diese Zeit kein Bus mehr fuhr, blieb mir nur das Rad.

Das bei diesem verdammten Sauwetter!

Der Regen, vermischt mit dicken nassen Schneeflocken, klatschte mir ins Gesicht. Ich achtete nicht darauf, gondelte los und wäre beinahe an der ersten Kurve im Graben gelandet.

Trotz der Kälte kam ich ins Schwitzen, aber ich hielt durch, bis ich schließlich vor dem Haus ankam, in dem unser Pa mit der Megatussi Yvonne lebte.

7. Dezember

Als ich am Samstag aufwachte, hörte ich, wie auf der Straße ein, zwei Autos vorbeifuhren, dann hörte ich den Motor eines Lasters und das Piepsen eines Vogels, und durchs Fenster neben meinem Bett sah ich, dass es draußen schon ein bisschen hell war.

Dann merkte ich, dass meine kleine Schwester komplett angezogen neben mir lag, und alles fiel mir wieder ein: der furchtbare Freitagnachmittag, so ganz allein in unserem Häuschen. Der Schreck, als ich erfuhr, dass mich Leonie angelogen hatte und ich nicht wusste, wo sie war. Dann, sehr viel später, der Anruf meiner Mutter und MEINE Lüge, alles sei in Ordnung ... Und dass ich schließlich trotz Eis und Schnee mit dem Rad in die Stadt und zu dem Haus gefahren war, in dem jetzt unser Pa mit der Megatussi Yvonne lebte. Da hatte ich meinen ganzen Mut zusammengenommen, geklingelt – und erfahren, dass LEONIE NICHT BEI UNSEREM PA WAR!

Obwohl ich vor Angst um meine kleine Schwester direkt zitterte, sah ich doch, dass in der Küche und im Wohnzimmer ungespültes Geschirr herumstand. Überhaupt sah es ungemütlich aus, so mit den Kleidungsstücken auf dem Fußboden, den verwelkten Blumen in blöden Vasen, und eklig roch es auch noch.

»Wo ist eure Mutter?«, fragte mein Pa, nachdem er den ersten Schock überwunden hatte.

Als er noch bei uns war, hatte es in unserer Wohnung nie so schrecklich ausgesehen wie da, wo er jetzt wohnte. Es tat mir aber überhaupt nicht leid, dass er jetzt in einem solchen Saustall leben musste – im Gegenteil. Das geschah ihm recht; weshalb hatte er sich auch in die Megatussi verliebt? So cool wie nur was sagte ich: »Sie verbringt ein schönes Wochenende mit ihrem Lover. Was dagegen?«

Ich bin dreizehn Jahre alt und weiß nicht, wie ein Mensch aussieht, wenn ihn der Schlag trifft. Aber ich vermute mal, dass er weiß im Gesicht wird, nach Luft schnappt und ganz starre Augen bekommt – jedenfalls hat so mein Paps ausgesehen. »Sie ... sie hat einen Lover?«, keuchte er schließlich.

Ich nickte. »Klar. Du hast ja auch deine Yvonne.«

»Und ... und ... sie lässt euch allein? Das ganze Wochenende lang?«

»Na und? Was sind schon zweieinhalb Tage gemessen an den Monaten, seitdem du nur deine Yvonne im Kopf hast.« So langsam verlor ich die Geduld. »Was ist jetzt? Hilfst du mir, Leonie zu suchen? Oder musst du auf deine Yvonne warten?«

»Hör doch auf, ständig von ›meiner‹ Yvonne zu reden!«, fuhr er mich an und kramte hektisch zwischen all den Illustrierten und Pullis und Papiertaschentüchern herum. »Verdammt, wo ist denn nur mein Handy?«

Ich trat von einem Fuß auf den anderen. »Wozu brauchst du das denn?«

»Wozu, wozu!«, bellte er mich an. »Ist doch klar: Ich versuche, Leonie zu erreichen.«

»Pfffft«, machte ich. »Vergiss es; sie hat das Handy natürlich ausgeschaltet.« Mein Vater brauchte eine Ewigkeit, bis er Schuhe und Mantel angezogen hatte und wir auf der Straße standen. »Und jetzt?«, wollte er wissen.

»Tja …« Die Flocken fielen nun so dicht, dass ich sein Gesicht kaum erkennen konnte, obwohl er mir direkt gegenüber stand. »Bei dir ist Leonie nicht, bei ihrer Freundin auch nicht, Oma und Opa wohnen weit weg … ich hab keine Ahnung, wo sie sein könnte. Und bei dem Schnee … also wenn sie sich irgendwo im Freien versteckt und wir sie nicht finden, wird sie erfrieren.« Bei dem Gedanken setzte mein Herz um ein Haar aus. Klar, manchmal raubte mir Leonie den allerletzten Nerv; sie kreischte, sie war neugierig, sie wühlte meine Sachen durch, sie verpetzte mich. Es gab Augenblicke, in denen ich sie echt hasste. Das waren aber nur Augenblicke; normalerweise liebte ich sie, schließlich war sie trotz ihrer Macken meine kleine Schwester.

»Hat sie denn nur eine einzige Freundin?«, wollte mein Pa wissen.

»Siehst du jetzt, wie gleichgültig wir dir geworden sind?«, schrie ich ihn an. »Im Frühjahr habt ihr euch wegen dieser blöden Yvonne getrennt, und schon sind wir dir komplett egal!« Ich schnappte nach Luft. »Natürlich hat sie jede Menge Freundinnen! Wir können eine nach der anderen anrufen …« Ich rannte das kurze Stück zu Pas Haus zurück. An der Eingangstür hatte er mich eingeholt und hielt mich fest. »Macht doch keinen Sinn, nochmals in die Wohnung zu

gehen. Hast du die Nummern von Leonies Freundinnen gespeichert?«

»Ja. Hab ich.« Ich war wütend auf mich; Mensch, die Mädchen hätte ich längst anrufen können – warum hatte ich daran nicht gedacht!? Und warum wollte mein Vater nicht in die Wohnung, wo es warm war? »Es ist wegen Yvonne, stimmt's?«

Er nickte. »Nun mach schon, Mirja!«

Es war kalt und ich war wütend auf meinen Vater. Meine Finger zitterten, deshalb vertippte ich mich immer wieder, aber ich biss die Zähne zusammen und rief die sechs zweitbesten Freundinnen meiner kleinen Schwester an. Keine wusste etwas von Leonie.

»Was jetzt?«

»Gute Frage ...« Ich starrte auf die eingespeicherten Nummern in meinem Handy und fragte mich verzweifelt, wo Leonie denn sein könnte ... als ich Jonas' Nummer sah. Vielleicht, dachte ich, ist sie ja gar nicht in die Stadt gefahren; vielleicht ist sie im Schuppen? Weil sie denkt, da würde ich mich mit Jonas treffen? Oder als erstes nach ihr suchen? Keine Ahnung, was meine Schwester gedacht hatte, aber je länger ich an den Schuppen gegenüber unseres Häuschens dachte, desto wahrscheinlicher erschien es mir, dass sie sich dorthin geflüchtet hatte. Mein Rad lehnte an der Hauswand, ich hatte es nicht mal abgeschlossen. »Ich fahr zurück«, rief ich meinem Vater zu und war schon aufgestiegen.

»Halt! Wohin willst du?«

»Ins Dorf! Es könnte sein ...«

Plötzlich kam Leben in meinen Vater. »Wir nehmen das Auto!«

Er fuhr es aus der Garage, wir luden mein Fahrrad ein und düsten los. Auf den Straßen lag der Matsch zentimeterhoch, aber auf der Landstraße pflügten wir durch tiefen Schnee, und das Auto schlingerte immer mal wieder, weil sich unter der Schneedecke Eis befand. Ich presste meine Hände zusammen und schwitzte vor Aufregung. Einmal drehten die Räder durch, das Auto rutschte quer über die Fahrbahn, blieb aber in einer Schneewehe stecken. »Glück gehabt«, murmelte mein Vater, legte den Rückwärtsgang ein und fuhr langsamer weiter.

Kaum kam das Auto vor unserem Häuschen zum Stehen, war ich schon im Freien und rannte zum Schuppen, der neben Jonas'

Bauernhof stand. Dort hatten wir uns immer getroffen, dort hatten wir immer geknutscht. Vor tausend Jahren war das gewesen, damals, als wir noch verliebt waren. Jetzt liebte Jonas die superschöne Lilli … Ich durfte gar nicht daran denken, biss wieder mal die Zähne zusammen, riss die große Holztüre auf, die immer so quietschte, und schrie: »Leonie! Bist du hier? Komm raus, mach schon!«

Ich horchte.

Keine Antwort.

Es war stockfinster. Früher hatten Jonas und ich das schön gefunden, jetzt ärgerte ich mich, dass es kein Licht im Schuppen gab. Mein Vater stand neben mir. Plötzlich rannte er zum Auto zurück und kam mit einer Taschenlampe wieder. »Leonie?«

Das Licht fiel auf die Stricke, Rechen und Schaufeln an der Wand, auf den alten Schubkarren und das ganze Gerümpel, dann auf die Heuballen … und schließlich auf ein kleines Gesicht.

Auf Leonies Gesicht.

Meine Schwester hatte sich ins Heu gewühlt und schlief. Mann oh Mann … Am liebsten hätte ich sie an den Haaren gezogen und ihr meinen ganzen Frust entgegengebrüllt, aber mein Vater hielt mich zurück.

Vorsichtig schob er das Heu zurück und nahm Leonie in die Arme. Sie seufzte ein bisschen, dann kuschelte sie sich an ihn und schlief weiter.

So trug er sie in unser Häuschen und dort die Treppe hoch. In unserem Zimmer legte er sie ins Bett neben dem Fenster. Es war mein Bett, aber ich protestierte nicht. Klar, ich war so erleichtert, dass ich nicht mal geschimpft hätte, wenn er sie in die Badewanne gelegt hätte.

Wir zogen ihr nur die Schuhe aus, dann deckten wir sie zu, löschten das Licht und gingen runter in die Küche. Mein Vater holte die Milch aus dem Kühlschrank und kochte uns einen Kakao. Genau wie früher, als er noch bei uns wohnte und immer behauptete, er sei der Kakao-Kochmeister.

Wir saßen am Tisch und warteten wie immer, bis der Kakao die richtige Trinktemperatur hatte, und wie immer rührte ich um, weil ich die Haut eklig finde. Der Kakao schmeckte auch so gut wie

immer, und als wir ihn getrunken hatten, stellte ich die Frage, die mir seit Leonies Rettung auf der Zunge lag. »Fährst du zu deiner Yvonne zurück?«

Ich starrte zwar auf meinen leeren Becher, er ist weiß mit vielen roten Herzchen, aber ich sah doch, dass er sich durch die Haare fuhr, dann zum Fenster ging, sich wieder setzte und sein Handy aus der Tasche zog. Dann sagte er: »Heute Nacht bleibe ich bei euch.«

Dann rief er seine blöde Yvonne an, und weil die nicht zu Hause war, teilte er ihrer Mailbox mit, er würde bei seinen Kindern schlafen.

Aber Hallo! Die Zeiger unserer Küchenuhr standen auf 23 Uhr. Wo trieb sich die Tussi herum?

»He, Paps, wo ist die Tussi? Ist sie auch abgehauen?«

Er schwieg.

»Na ja, mach dir keine Sorgen, Pa. Vielleicht hat sie ja nur einen zweiten Lover.« Ich grinste ihn an. »Du kannst dich in Mamas Bett legen. Da ist es schön warm und gemütlich.«

Weil ich an seine vollgerümpelte und unaufgeräumte Wohnung dachte, stellte ich die Becher und den Milchtopf so ordentlich wie nur was in die Spülmaschine. Als ich in meinem Bett lag, kuschelte ich mich an meine kleine Schwester und freute mich, dass unser Pa bei uns war. Dann schlief ich ein.

Jetzt, am Samstagmorgen, höre ich ihn im Bad. Er steht unter der Dusche. Dann rauscht die Wasserspülung. Dann höre ich ihn gurgeln – beim Zähneputzen gurgelt er immer.

Dann, eine kleine Weile später, geht er die Treppe runter. Geschirr klappert, die Brotmaschine surrt. Nun knallt er eine Pfanne auf den Herd, kurz danach riecht es nach Speck und Spiegeleiern.

Ich verschränke die Hände unterm Kopf und wünsche mir unseren Pa dauerhaft zurück. Das wäre das allerschönste Weihnachtsgeschenk für uns, wenn er von seiner Yvonne genug hätte. So wie Jonas von mir genug hat. Ich seufze, denn eines ist sonnenklar: Unsere Ma ist längst nicht so raffiniert wie Lilli. Eigentlich schade …

»Ist Mama schon zurück?«, höre ich Leonies verschlafene Stimme. »He, Mirja, warum liegst du in meinem Bett? Du hast ein eigenes.«

»Stimmt. Das habe ich. Nur dass du in meinem Bett liegst.«

»Iiich? Wieso das denn?«

»Du bist abgehauen. Hast du das vergessen? Es hat gedauert, bis wir dich in Jonas' Schuppen gefunden haben.«

»Wir? Ma und du?«

»Falsch. Ganz falsch. Mit wir meine ich mich und Pa. Riechst du nichts? Er brät gerade Spiegeleier.«

»Blöder Witz.«

»Kein Witz.«

Leonie starrte mich an. »Das glaube ich jetzt nicht.«

»Musst ja nur nach unten gehen und ... «

Aber da war meine kleine Schwester schon aus dem Bett gesprungen. Sie rannte die Treppe runter – und dann ...

»Ich glaub's nicht! Paps!!!«

8. Dezember

Der Samstag war superschön gewesen.

Paps saß in Mamas Bademantel am Tisch. Am Adventskranz brannte das erste rote Kerzchen, auf dem Herd stand der blaue Topf mit dem weltbesten Kakao vom Kakao-Kochmeister, der Speck und die Spiegeleier waren schön knusprig und noch genauso gut, wie er sie früher immer gebraten hatte, und als ich runterkam, hörte ich Leonies süßes Stimmchen. »Okay, ja, ich bin abgehauen. Schimpfst du mich jetzt?«

»Erst nach dem Frühstück«, antwortete Paps. Leonie kreischte ein bisschen – das tut sie leider immer, wenn sie sich freut – und setzte sich auf seinen Schoß. Wenn ich nicht schon dreizehn Jahre alt und dafür echt zu alt gewesen wäre, hätte ich sie weggeschubst und mich an Paps gekuschelt.

Na ja …

Es war schön, mit Paps zu frühstücken. Irgendwie anders als mit Ma, obwohl es mit ihr auch schön ist. Vor allem, wenn wir Waffeln backen, was leider nicht oft vorkommt, weil das mit dem Teig immer in eine Sauerei ausartet. Aber egal. Paps stellte natürlich die üblichen Fragen: Wie geht's in der Schule? Wie sehen die Noten aus? Was macht ihr in der Freizeit? Wie gesagt – das Übliche eben. Nach Ma fragte er kein einziges Mal. Dafür wollte ich wissen, wie's denn mit der supertollen Yvonne läuft und ob sie so gut kochen kann wie Ma.

»Wieso? Seit wann interessierst du dich fürs Kochen?«, erwiderte er und zog die Augenbrauen hoch.

Weil ich schüchtern bin, wollte ich zuerst nicht mit der Sprache heraus, aber dann erinnerte ich mich daran, dass ich mich gründlich ändern musste. Höchste Zeit dafür! Und an die total unordentliche Wohnung erinnerte ich mich auch. Vor allem an den ekligen Geruch und die vielen gebrauchten Papiertaschentücher, die überall herumlagen, was auch eklig aussah. Und das, wo er früher immer so pingelig war! Ich rührte den Kakao um und tat so, als wollte ich um alles in der Welt vermeiden, dass sich eine Haut bildet. Dabei traute ich mich nur nicht, ihn anzusehen. »Na ja«, sagte ich, »ich frag ja nur. Weil nämlich … weil … es sieht da nämlich so ganz anders aus als früher bei uns, Paps!« Und dann traute ich mich dann doch, ihn anzusehen. »Gefällt dir das?« Weil er auf einmal ein so komisches Gesicht machte, wiederholte ich: »Ich frag ja bloß ...«

Leonie rutschte das Messer aus der Hand. »Du warst in Papas Wohnung? Also ehrlich, Mirja! Zu mir sagst du, die grässliche Yvonne wolle von uns nichts wissen! Und dann gehst du hinter meinem Rücken zu Paps!?«

»Ja!«, schrie ich sie an. »Weil ich nicht wusste, wo du warst! Du hast mich angelogen, du Miststück! *Ich übernachte bei Sophie. Hast du was dagegen, Mirja?«*, äffte ich sie nach.

»Ehrlich? War das so?«, wollte Leonie wissen. »Du bist meinetwegen zu Paps gegangen, obwohl die Yvonne dir die Augen hätte auskratzen können? Ich glaub's nicht, Mirja. So mutig bist du nicht.« Sie kreuzte die Arme vor der Brust und fügte hinzu. »Nie im Leben. Dazu bist du viel zu schüchtern.«

»Es war aber so«, bestätigte Paps. »Und jetzt ist's Zeit, dass du uns erklärst, warum du Mirja angelogen und dich im Schuppen versteckt hast.«

»Och«, sagte meine kleine Schwester und zog das ganze Ich-bin-eine-kleine-Prinzessin-Theater ab, komplett mit Kulleraugen und Wimperngeklimper. »Ich habe mich so einsam gefühlt. Mama ist mit ihrem Lover weggefahren, und eigentlich wollte ich ja zu dir. Aber ich hab mich nicht getraut. Weißt du, wegen deiner grässlichen Yvonne, die nichts von deinen Kindern wissen will. Und überhaupt – Ich hab mir vorgestellt, sie würde mal meine STIEFMUTTER. Paps! Ich meine: Stiefmutter – genau wie im Märchen!« Sie schüttelte sich und riss ihre Kulleraugen noch viel weiter auf. Da hatte ich genug von ihrem Theater.

»Komm schon, Leonie. Das stimmt doch alles nicht. Du bist in den Bus gestiegen. Das stimmt. Aber dann bist du an der ersten Haltestelle wieder raus. Warum?« Ich hatte keinen blassen Schimmer, ob das stimmte, aber Leonie glaubte ich kein Wort; sie hatte einfach zu dick aufgetragen.

Tatsächlich! Sie erschrak und rief: »He! Hast du mich gesehen? Oder hat jemand gepetzt?«

»Na klar!«, erwiderte ich cool.

»Wer war das?«

»Sag ich nicht.«

Paps seufzte. »Also Leonie: Warum hast du deine Schwester angelogen? Und warum hast du dich im Schuppen versteckt?«

Meine Schwester verzog den Mund. »Weil sie mich loswerden wollte. Deshalb. Glaubst du«, kreischte sie los, »ich hätte das nicht gemerkt?«

»Stimmt das? Wolltest du deine Schwester loswerden?«

»Klar stimmt das!«, rief Leonie und tat so, als würde ich nicht mit am Tisch sitzen. »Ich bin doch nicht blöd, ich wusste doch, was sie vorhatte!«

Mein Vater runzelte die Stirn. »Aha. Und was hattest du vor, Mirja?«

»Geht dich nichts an«, murmelte ich.

»Mit Jonas wollte sie knutschen! Drüben, im Schuppen!«, rief meine kleine Schwester. Ich hätte sie erwürgen können. Ich meine: Unter Einsatz meines Lebens hatte ich mich bei Eis und Schnee mit dem Fahrrad auf unwegsamen Landstraßen in die Stadt gekämpft, hatte meinen Vater herausgeklingelt, obwohl ich nicht wissen konnte, ob seine blöde Tussi zu Hause war, hatte ihre allerbesten und zweitbesten Freundinnen angerufen – und dann das: meine Schwester petzte!

Jetzt hatte mein Pa noch viel mehr Runzeln auf der Stirn. »Stimmt das, Mirja? Du wolltest dich mit einem Freund im Schuppen treffen?«

»Nein«, antwortete ich, und es war die reine Wahrheit.

»Doch!«, schrie Leonie. »Ich hab euch doch gesehen, wie ihr geknutscht habt. Ich bin euch nämlich …« Erschrocken klappte sie den Mund zu.

Ich stand auf, starrte sie an. »Du bist uns nachgeschlichen? Wie oft?«

»Na ja …«

»Wie oft?«

»Oft«, flüsterte sie.

Mein Pa war völlig überrumpelt. »Du hast einen Freund, Mirja? Davon weiß ich ja nichts. Bist du nicht zu jung dafür?«

»Quatsch – ich bin dreizehn. Schon vergessen? Und du weißt deshalb nichts davon, weil du dich ja auch nicht um uns kümmerst«, sagte ich leise. »Und überhaupt – ich habe keinen Freund. Jetzt jedenfalls nicht mehr.«

»Echt?«, wollte Leonie wissen. »Hast du mit Jonas Schluss gemacht? Aber wieso denn? Ich denke, er ist dein Josef, den du vor allen Leuten küssen wirst?«

Ich schüttelte nur den Kopf. Mein Kakao hatte jetzt eine dicke runzlige Haut; ich schob den Becher übern Tisch und passte auf, dass ich nicht heulte. »Er … also Jonas, hat Schluss gemacht.«

»So ein gemeiner Kerl!«, rief Leonie und fiel mir um den Hals. »Du Arme! Wen küsst er denn dann?!«

Da haute Paps die Faust auf den Tisch. »Ruhe jetzt! Worum geht es eigentlich? Könnt ihr mir das gefälligst mal verraten?«, setzte er leiser hinzu.

»Um Mirjas Jonas«, sagte Leonie.

»Ums Weihnachtsmusical«, sagte ich.

Paps griff sich an den Kopf. »Was stimmt denn nun?«

»Beides«, antworteten wir gleichzeitig. »Aber das ist eine lange Geschichte«, setzte ich gleich noch hinzu.

»Gut. Wenn es so ist, koche ich uns am besten nochmals einen Topf Kakao.«

»Ja«, sagte Leonie. »Und schade, dass du nicht auch noch Waffeln backst, Paps. Aber vielleicht beim nächsten Mal? Wenn du uns wieder besuchst?«

Unser Vater tat so, als sei er taub. Er goss Milch in den Topf, schüttete Zucker und eine tüchtige Portion Kakaopulver dazu und wirbelte alles mit dem Schneebesen durcheinander. Es spritzte ordentlich in alle Richtungen.

Dann musste ich berichten, vom Musical, von Lillis Intrigen – und dass ich jetzt wieder Single bin.

»Das ist voll unfair«, schimpfte Leonie. »Paps, tu was dagegen!«

Das fehlte gerade noch! »Misch dich nicht ein, Kleine! Und du schon gar nicht, Pa! Ich will Jonas nicht mehr. Jetzt, wo er mit Lilli knutscht, finde ich ihn nur noch eklig.«

»Dann such dir einen Neuen«, riet mir meine kleine Schwester. »Ma hat das ja auch getan.«

»Ich will aber keinen Neuen. Jedenfalls jetzt noch nicht«, sagte ich. »Ich kenne auch niemand, der mir gefallen könnte.«

»Och, bei Mama ist das ziemlich schnell gegangen.«

Da krachte die Faust unseres Vaters ein zweites Mal auf den

Tisch. »Schluss mit dem Thema! Mirja, du lässt die Finger von den Jungs – du bist noch zu jung dafür. Und geknutscht wird nirgends; weder in einem Schuppen noch auf einer Bühne, und schon gar nicht vor Publikum. Verstanden?«

»Wieso?«, piepste Leonie. »Schimpft dann deine Yvonne wieder auf uns und behauptet, wir seien schlecht erzogen?«

Unser Vater schnappte nach Luft. »Ich verbiete dir ...«

Da setzte meine kleine Schwester wieder ihre Prinzessinen-Kulleraugen ein. »Aber deine Yvonne schimpft wirklich über uns, Paps. Weißt du das nicht?«

»Wie bitte?«

»Es stimmt, Paps. Die Mutter meiner allerbesten Freundin hat eine Nachbarin, die mit deiner Yvonne befreundet ist. Der jammert sie immer vor, wir seien unmöglich. Das hat die Freundin von Yvonne ihrer Nachbarin, also Sophies Mutter, weitergetratscht, und weil die mich kennt, hat sie zu ihrer Nachbarin gesagt: ›Also der dummen Yvonne darfst du kein Wörtchen glauben.‹ Daher weiß ich, dass Yvonne uns unmöglich findet, obwohl sie uns so gut wie überhaupt nicht kennt. Wenn du mich fragst, Paps: Das ist gemein.«

Unser Papa schob das Glas mit der Erdbeermarmelade auf dem Tisch hin und her. Ihm hatte es die Sprache verschlagen, und ehrlich gesagt: mir auch. Was hatte die blöde Yvonne denn davon, wenn sie uns schlecht machte? Ich grübelte noch darüber nach, als ich hörte, dass ein Auto vor unserem Haus hielt. Und dann ... dann stand unsere Ma in der Küche.

Leonie kreischte los und warf sich in ihre Arme. Ich stotterte: »Aber Hallo! Du ... du bist schon zurück?«

Unser Paps sagte nichts; er stand nicht mal auf, um seine Ex zu begrüßen. Nur einen knallroten Kopf hatte er auf einmal.

Auch unserer Ma hatte es die Sprache verschlagen. Sie blickte sich in der Küche um, sah den schön gedeckten Tisch mit der Pfanne, dem Topf Kakao, den Marmeladegläsern, dem Korb mit Brot. »Was ... was tust du hier?«, erkundigte sie sich schließlich. Ihre Stimme klang hoch und fremd. »Hast du gewusst, dass ich nicht zu Hause bin? Bist du heimlich hergekommen?«

»Neiiin!«, riefen Leonie und ich gleichzeitig – dann klappten wir erschrocken den Mund zu. Ich, weil ich Leonies Verschwinden verschweigen musste – schließlich hatte ich meine Ma am Telefon angelogen – und Leonie, weil sie keinen Zoff zwischen den beiden hervorrufen wollte.

»Es hat sich einfach so ergeben«, erklärte ich vage und wedelte mit der Hand. »Freu dich doch, dass es uns gut geht! Wie war eigentlich dein Wochenende?«, setzte ich noch hinzu, da trat mich Leonie ans Schienbein. »Pssst!«

Mit voller Absicht warf sie den Becher mit dem Kakao um. »Ups! Mirja, hilf mir!«, kreischte sie.

Wir rannten zum Becken und suchten den Lappen. »Bist du wahnsinnig?«, zischte Leonie mich an. »Sie ist viel früher als beabsichtigt zurückgekommen. Das bedeutet doch, dass das Wochenende ein Reinfall war!«

Glücklicherweise ging in der ganzen Hektik meine Frage unter. Mit viel Gewische und Getupfe beseitigten wir die Sauerei, dann stand unser Paps auf, wir begleiteten ihn noch bis zu seinem Auto, das unter der dicken Schneedecke nur zu erahnen war, und halfen ihm beim Freischaufeln. Wir winkten ihm nach, doch bevor wir ins Haus zurückgingen, klatschten wir uns triumphierend ab.

»Du«, sagte Leonie, »dass seine Yvonne über uns tratscht, hat ihn echt geärgert. Das ist gut.«

Ich nickte, klopfte Schnee von meinem Anorak und schaute auf den Schuppen, in dem ich mich mit Jonas immer getroffen hatte. Komisch, dachte ich plötzlich, über die Aufregung um Leonie hab ich meinen eigenen Ärger ganz vergessen. Ist das jetzt ein gutes oder ein schlechtes Zeichen?

9. Dezember

Am Montagmorgen wäre ich am liebsten nicht zur Schule gegangen. Wenn ich nur daran dachte, wie Lilli und Jonas auf dem Pausenhof zusammenstehen würden, wurde mir schon übel. Und wenn ich mir die schadenfrohen Gesichter von Amanda und Mareike vorstellte, brach mir der kalte Schweiß aus. Nicht zu vergessen die Fahrt im Schulbus und die oberpeinlichen Fragen: »He, ist da was? Warum sitzt du nicht neben deinem Jonas, Mirja?«

Voll der absolute Wahnsinn.

Wenn Chris Löwenfeld in der 6. Stunde nicht eine Probe angesetzt hätte, hätte ich unser Fieberthermometer unters heiße Wasser gehalten, bis es 40 Grad anzeigte. Weil: Kein Mensch kann mit 40 Grad Fieber zur Schule gehen; meine Ma hätte mich ins Bett gepackt, hätte mir einen Lindenblütentee und ein Aspirin verpasst und gesagt: »Schlaf dich gesund, Mirja.«

Aber die Probe durfte ich nicht verpassen, schließlich hatte Löwenfeld gesagt, nur bei Umzug oder Krankheit müsse er sich nach einer Ersatz-Maria umsehen. Wenn also bekannt würde, ich läge mit 40 Grad Fieber, also sozusagen bewusstlos, im Bett, würden Lilli und Co. vor lauter Freude ausflippen.

Klar, das wollte ich um jeden Preis vermeiden. Also rannten Leonie und ich im allerletzten Augenblick zum Schulbus und mussten deshalb auf den ungünstigsten Plätzen, ganz vorn neben dem Fahrer, sitzen. Das war gut, denn dadurch vermieden wir die neugierigen Fragen, weshalb um alle Welt ich nicht neben Jonas sitzen würde und so.

Aber dann kam's dicke.

Mein Klassenzimmer befindet sich im ersten Stock, gleich oben an der Treppe, und als ich hochgehen wollte, standen da Lilli und ihre allerbesten Freundinnen. Sie lächelten mich an. »Na, wie geht's dir denn so, Mirja-Maria? Bist du vielleicht erkältet und kannst nicht singen?« Ich schüttelte nur den Kopf und wollte schon an ihnen vorbeigehen, als ich stolperte und gegen das Geländer knallte. Da kreischten die drei los. »Och, du Arme! Hast du dir wehgetan?«

Ich WAR gestolpert, ich HATTE mir wehgetan, aber nur deshalb, weil mir Amanda ein Bein gestellt hatte. Ich saß auf der dritten Stufe von unten und rieb mir den Kopf. Und den Knöchel. Der tat verdammt weh. Trotzdem lächelte ich. »Nix geschehen.«

»Ach ne! Wirklich nicht?« Die drei guckten so richtig fies. Da wusste ich, dass ich mich vorsehen musste. Weil Lilli unbedingt die Maria-Rolle haben wollte. Und weil ihre allerbesten Freundinnen dafür sorgen würden, dass sie sie auch bekam.

Das kapierte ich, weil sie mich so fies anguckten. Mann, ich saß noch immer auf der dritten Stufe von unten, und mir war so übel wie nur was – ich hätte k... können, wirklich!

Plötzlich stand Yasin neben mir und streckte seine Hand aus. »Komm, Mirja!« Er zog mich hoch und blieb an meiner Seite, bis ich im Klassenzimmer auf meinem Platz saß. »Pass bloß auf«, sagte er leise. »Die drei meinen's nicht gut mit dir.«

Es klingelte. »Hab's kapiert«, antwortete ich. »Danke.«

»Schon gut. Und Mirja ...«

»Ja?«

»In der großen Pause ...«

Aber da kam gerade unsere Deutschlehrerin ins Klassenzimmer, und er konnte einfach nicht mehr sagen, was in der großen Pause sein würde. Klar, dass ich mal wieder vom Unterricht so gut wie nichts mitbekam. Erstens, weil mich Amanda hatte stolpern lassen. Wenn ich mir nämlich den Knöchel oder überhaupt etwas gebrochen hätte, hätte Lilli, das vermute ich mal, die Maria-Rolle eben doch bekommen. Aber weil ihr Plan schiefgegangen war, wusste ich jetzt, dass die drei vor nichts zurückschrecken würden. Das musste ich erst mal verdauen.

Okay, da saßen die drei vor mir, beteiligten sich am Unterricht, machten unschuldige Mienen und taten überhaupt so, als seien sie die reinsten Engel. Aber jetzt war ich gewarnt.

Ich ballte die Fäuste und schwor mir, ihnen aus dem Weg zu gehen.

Ja, und dann war da noch die Sache mit Yasin. Warum hatte er mir geholfen und mich bis zu meinem Platz begleitet? Und was hatte er mir noch sagen wollen? Keine Ahnung ...

Bis zu den Musical-Proben war mir Yasin nicht aufgefallen. Ich wusste nur, dass er mit Jonas in dieselbe Klasse ging.

Die Stunden bis zur großen Pause waren die reinste Qual. Als es dann schließlich klingelte, hatte ich schon mein Pausenbrot in der Hand, stürzte als erste aus dem Klassenzimmer, rannte die Treppe runter und auf den Hof und sah mich hektisch nach einem siche-

ren Plätzchen um, wo mir niemand ein Bein stellen oder mir anderweitig hätte schaden können.

Es wäre nicht nötig gewesen, denn bevor ich noch den Zaun erreicht hatte, stand Yasin neben mir. »Alles okay?«

Ich nickte.

»Du musst aufpassen«, sagte er. »Die drei Hexen haben einen teuflischen Plan ausgeheckt.«

Das gefiel mir: die drei Hexen! »Von wem weißt du das?«

»Na, von wem wohl? Von Jonas natürlich. Er als Josef...«

Ich schluckte schwer. Immerhin war Jonas mal mein Freund gewesen, wir hatten uns dauernd verabredet und in seinem Schuppen stundenlang geknutscht. »Macht er mit? Ich meine: bei dem teuflischen Plan?«

Yasin kickte ein Steinchen beiseite. »Sieht ganz danach aus...«

Ich kickte auch ein Steinchen beiseite und sagte nichts. Aber ich kam mir mal wieder vor wie das allerletzte, total verwelkte Mauerblümchen. Warum war ich keine Schönheit wie Lilli? Warum hatte ich nicht zwei allerbeste Freundinnen, die mich unterstützten, egal ob es eine gute Sache oder eine schlechte war?

»Warum?«, flüsterte ich schließlich.

Mit dem rechten Schuh schob Yasin Steinchen zusammen. Dann kickte er sie mit Karacho weg. »Er hat jetzt was mit Lilli.«

»Ich weiß. Aber was hat das mit der Rolle der Maria zu tun?«

»Na hör mal! Ist doch klar: Maria und Josef auf der Flucht vor August, dem Kaiser. Maria ist schwanger, Maria stützt sich auf Josef, Josef kümmert sich um sie. Und dann Maria, Josef und das Kind – ganz die Happy Family. Und nicht zu vergessen –«, Yasin hob den Zeigefinger, »der Kuss. Weißt du, dass sie den schon proben?«

»Ne. Tun sie das?«

»Und wie! Aber natürlich klappt ihr Plan nur, wenn sie dich ausbooten können. Hätte heute Morgen fast geklappt, was? Also, sieh dich vor.«

»Mach ich ja«, antwortete ich tapfer und dachte an meinen Knöchel, der immer noch ein bisschen wehtat. »Nur, weißt du, der Tag ist lang.«

»Klar. Trotzdem – pass auf.«

Emir, Lit und Kagiso, die drei Könige aus dem Morgenland,

schlenderten auf uns zu. »Wisst ihr schon das Neueste? Probe in der sechsten Stunde, und Extraprobe heute Nachmittag um fünf.«

Yasin runzelte die Stirn. »Aber warum denn?«

»Die Kulissen sind so gut wie fertig, deshalb muss Löwenfeld checken, ob wir damit zurechtkommen, oder ob noch was daran geändert werden muss. Also, ihr wisst Bescheid, ja?«

Wir nickten.

Die drei Morgenlandkönige gingen weiter. Kagiso blieb kurz stehen und sagte so über die Schulter: »Hast du sie vor den drei Hexen gewarnt, Yasin?«

»Bin dabei«, sagte Yasin cool.

»Jetzt verstehe ich überhaupt nichts mehr. Wissen denn alle Bescheid, dass Lilli die Rolle unbedingt haben will? Und wie stehe ich da? Wie der letzte Loser! Weißt du was, Yasin? Ihr könnt mich mal … Ich verzichte auf die Rolle. Ich geh jetzt zu Löwenfeld und sag ihm das. Ich lass mich doch nicht zur Minna machen – ich nicht!« Mein Pausenbrot landete im Abfallkorb, ich stapfte los – und wurde von Yasin am Arm zurückgehalten. »Autsch! Du tust mir weh!«

»Endlich kapierst du, was Sache ist!«, sagte er. »Bist aufgewacht, was? Wirst energisch, stimmt's? Gut so.«

»Wie bitte?«

»Du musst kämpfen, Mirja! Wehr dich! Nur nicht klein beigeben! Zeig's den Hexen! Und vergiss nicht: sing wie ein Engel!«

Ich stampfte auf. »Ich singe nicht! Ich gebe auf! Hab das doch gerade gesagt!«

»Das war nicht dein Ernst.«

Ich funkelte Yasin an. »Und ob es mir Ernst war!«

Da tat er etwas ganz und gar Unglaubliches: Yasin packte mich an den Schultern und schüttelte mich. »Jetzt sag ich dir mal was, Mirja. Wenn du aufgibst, wirst du dich dein ganzes Leben lang darüber ärgern. Weil du hast den Schwanz eingezogen. Hast den leichten Weg gewählt. Hast nicht gekämpft für das, was dir wichtig ist. Das Singen ist dir doch wichtig, richtig?«

Ich nickte.

»Eben. Und noch was, Mirja: Alle werden mit dem Finger auf dich zeigen und sagen: Wie blöd kann man nur sein? Ist doch klar, dass man die Hauptrolle in einem Stück nicht einfach nachgeworfen

bekommt. Auch dafür muss man kämpfen – hat das die Tussi nicht gewusst? Nein? Na, dann geschieht es ihr recht. Selbst schuld.«

Ich starrte Yasin an.

»Und überhaupt«, sagte er dann noch, »wenn du jetzt zu Löwenfeld gehst, dann … also dann enttäuschst du mich. Und das will ich nicht. Ich will nicht von dir enttäuscht werden.«

Damit drehte er sich um und rannte zu den drei Königen aus dem Morgenland. Und ich stand da – sprachlos und mit offenem Mund. Warum wollte Yasin von mir nicht enttäuscht werden? Warum???

Da stand ich auf dem Schulhof, schaute Yasin hinterher und versuchte zu kapieren, was er soeben gesagt hatte.

Na ja, dachte ich zuerst, er will halt, dass das Musical ein Erfolg wird. Schließlich bläst er im Orchester die Trompete und will dabei groß raus kommen. Dazu kommt, dass er sich die Rolle des Wirts hart erkämpft hat. Wenn nun Lilli als Maria falsch singt, wird sie ausgebuht und zur Lachnummer. Damit ist das Musical gestorben, und alle, Chris Löwenfeld und die Chor- und Orchesterleute, haben sich umsonst ins Zeug gelegt.

Aber erklärt das, weshalb Yasin von mir nicht enttäuscht werden will? Ja, sagte ich mir, denn der Erfolg des Musicals hängt von der Maria ab. Was bedeutet, dass ich die Maria singen muss. Unbedingt.

In diesem Augenblick sah ich Jonas und Lilli, die in inniger Umarmung am Zaun standen. Das tat weh! Natürlich war Jonas ein Feigling, natürlich hatte er mich versetzt, und natürlich war er´s nicht wert, dass ich ihm hinterher weinte. Aber trotzdem!

Gefühle kann man einfach nicht ausschalten. Es dauert, bis sie kaputt sind. Tja … Ich drehte mich um. Nein, ich wollte nicht sehen, wie mein erster Ex-Lover seine Neue küsst!

Obwohl … eine Schocktherapie könnte meine Restgefühle für Jonas abtöten, dachte ich, drehte mich wieder um und zwang mich, ganz genau hinzugucken. Und was sah ich da?

Lilli hing an ihm wie ein Klammeraffe, doch er … er hatte die Hände in den Hosentaschen und stand steif wie ein Stock. Von wegen leidenschaftlicher Hingabe! Jonas schien Lillis Schulhofgeknutsche voll peinlich zu sein. Allerdings besaß er nicht den Mumm, ihr das klar zu machen. Na ja. Einmal Feigling, immer Feigling.

Ich konnte mir ein spöttisches Grinsen nicht verkneifen.

Plötzlich stand Chris Löwenfeld, unser Musiklehrer, neben mir. »Gut, dass jetzt Yasin dein Freund ist, was?« sagte er und deutete mit dem Kinn auf die beiden.

»Yasin?« Ich schüttelte den Kopf. »Er ist nicht mein Freund.«

Chris Löwenfeld stutzte. »Na hör mal! Ich hab doch zwei gute Augen im Kopf! Und überhaupt – es ist nicht zu übersehen, dass er ... zum Donnerwetter! Das ist ja nicht zu fassen!«

Nur wenige Meter von uns entfernt waren sich im wahren Sinne des Wortes zwei Mädchen in die Haare geraten. Eine der beiden hielt triumphierend ein Büschel hoch, die andere zog deren Kopf am Pferdeschwanz zu sich ran, aber da war Löwenfeld schon bei ihnen und trennte sie.

Mich ließen die beiden kalt. Mich interessierte einzig und allein die Frage, ob Yasin tatsächlich in mich verliebt war. Und warum Löwenfeld das behaupten konnte, wo ich selbst doch keinen blassen Schimmer hatte ... Ich jedenfalls war nicht in Yasin verliebt, ich kämpfte immer noch mit den blöden Restgefühlen, die ich für meinen ersten Lover hatte. Aber wenn ich die mal beseitigt hatte ... was dann?

Und, noch viel wichtiger: Wollte er deshalb von mir nicht enttäuscht werden, weil er mich liebte?

Ich biss auf meiner Unterlippe herum: Ich hatte es ja gerade erst erlebt, wie brutal es war, wenn man von seinem Lover enttäuscht wurde. Dass Yasin in mich verliebt sein könnte, glaubte ich einfach nicht.

Als es klingelte, standen die drei Könige und Yasin wie vom Himmel gefallen neben mir und begleiteten mich bis vor mein Klassenzimmer. »Du hast mit Löwenfeld gesprochen«, stellte Yasin beiläufig fest.

»Ja. Stimmt.«

»Hast ihm gesagt, du würdest die Maria nicht singen?«

»Nö.«

»Was dann?«

Schon näherte sich unser Mathelehrer. »Er wollte wissen, ob du mein Freund bist.« Ich lächelte zuerst Yasin, dann die Könige an. »Ich hab ihm gesagt, davon hätte ich keine Ahnung.«

Während der ganzen Mathestunde und bis zur Kulissenprobe am Nachmittag freute ich mich über Yasins fassungslose Miene. Aber was dann passierte, war ein echter Hammer.

10. Dezember

Am Nachmittag um 17 Uhr versammelten wir uns im Festsaal, den alle Schulen gemeinsam benutzen. Auf der Bühne befand sich ein silbergrau gestrichener Rahmen aus Holz, sodass der Zuschauer den Eindruck bekam, er sehe das Display eines PCs.

»Was soll'n das?«, schrie gleich ein Kleiner, der höchstens in die Sechste ging. Die Frage ging aber im allgemeinen Lärm unter; jeder, der mal in einem Raum mit Leuten aus den Klassen 5 bis 11 war, der weiß, wie es zugehen kann. Und im Festsaal ging's zu, aber ehrlich!

Aber Löwenfeld pfiff durch die Finger, und in null Komma nichts kehrte Ruhe ein. Ein toller Typ, groß und mit einer Frisur wie Justin Bieber, stellte sich auf die Bühne.

»Das ist der Achim aus der Zehnten«, sagte ein Mädchen, das ich vom Sehen kannte.

»Wir«, sagte Achim, »die Leute aus der Kunst-AG, wollten die alte Geschichte aufpeppen und in unsere Zeit beamen. Nach einigem Hin und Her kam uns die Idee, die Sache als Fernsehsendung *Aus aktuellem Anlass* aufzuziehen. Das ist der Rahmen des Geräts«, er deutete auf das silbergraue Holzgestell, »und die Bühne ist der Bildschirm. Vor dem Rahmen, ganz am Rand der Bühne, sitzt dann der, der den Vortrag hält. Er hat eine Maus in der Hand und klickt eine Szene nach der anderen an. Kapiert?«

Wir nickten.

»Okay. Die Geschichte haben die Leute von der Theater-AG in fünf Kapitel eingeteilt.«

»Fünf? Wieso fünf und nicht sieben? Oder nur drei?«, wollte ein Mädchen wissen.

»Wart's doch ab«, schrien ein paar. »Lass den Achim ausreden, du Gans!«

Das Mädchen war beleidigt. »Man wird doch wohl noch fragen dürfen«, murrte es, hielt dann aber den Mund.

»Fünf Kapitel also«, fuhr Achim fort. »Ich zähle sie mal auf, okay? Also: Erstes Kapitel: Kaiser Augustus sagt den Leuten, sie sollen dahin gehen, wo sie geboren sind. Weil – er will die genaue Zahl seiner Untertanen wissen.«

Während Achim das erklärte, schleppten ein paar Jungs den Kaiserthron auf die Bühne. Das war ein Monstersessel in rotem Plüsch. »Woher ist denn DER?«, rief die Kleine von vorhin. »Uggg!«

»Der Thron stammt aus dem Theaterfundus«, erklärte Achim. »Und jetzt hältst du den Mund, kapiert? Jedenfalls – stellt euch ein Wimmelbild vor: jede Menge Leute rennen herum. Sie haben Landkarten und Navis und Handys und überhaupt alle Tools in den Händen, die man heute benutzt, um zu wissen, wie man von A nach B kommt. Der Kaiser steht auf, der Thron wird rausgetragen, und zuletzt stehen nur noch Maria und Josef auf der Bühne.

2. Bild, 2. Szene:

Maria und Josef stehen an der Straße. Josef hält den Daumen hoch. Manchmal werden sie ein Stück mitgenommen, manchmal beschimpft ... ihr kennt das ja.

3. Bild, 3. Szene:

Ankunft in der Karawanserei. Wieder Wimmelbild: Händler, Waren, Kisten und Kästen, Ochsen, Esel, Schafe und Kamele, Karren ... und dann die beiden, die ein Zimmer wollen. Der Wirt führt sie zum Stall.

4. Bild, 4. Szene:

Nacht. Ein Stern erscheint über der Karawanserei, hält überm Stall an. Hirten kommen aus einer Ecke, drei Könige aus der anderen. Sie treffen sich vorm Stall. Könnt ihr euch vorstellen, was die Hirten sagen, als sie die Könige sehen? Und was die Könige beim Anblick der Hirten?« Achim lachte. »Das ist die beste Szene überhaupt, sag ich euch. Na ja, drei Engel machen dann dem Geschrei ein Ende.«

5. Bild, 5. Szene:

Stalltür geht auf, Maria mit dem Kind im Arm erscheint.

Gloria Halleluja und Happy End. Noch Fragen?«

Die Kleine aus der Fünften war wieder mal die Schnellste. »Die Tiere, die Esel und Kamele und so – sind die echt?«

»Komm schon! Die Frage ist nicht dein Ernst, Kleine!«

»Doch!«

»Meinst vielleicht, der Münchner Zoo wäre so nett und würd' uns das Viehzeug herkarren? No way. Zwei kleine Schüler, so Winzlinge wie du eine bist, schlüpfen in ein Eselskostüm.« Achim tat wahnsinnig geringschätzig.

»Das find' ich aber blöd«, protestierte die Kleine. »Wo bei uns doch echte Kühe und Schafe in den Ställen stehen.«

»Komm schon. Würdest du dann die Kacke aufputzen?«

Ein großer Dicker mit einer dunklen Brille hob die Hand. »Wie kriegt ihr die Karawanserei UND den Stall auf die Bühne?«

»Tja«, meinte Achim so richtig herablassend, »das war ein Problem, aber wir konnten es lösen: Von der Karawanserei siehst du rechts auf der Bühne nur das riesige Tor, das offen steht, sodass du einen Blick auf das Treiben im Hof werfen kannst. Links davon ist das Feld mit dem Stall. Alles klar?«

»Ne. Überhaupt nichts ist klar«, sagte der große Dicke. »Ich war nämlich schon in Istanbul und dort in einer Karawanserei. Das da...« er zeigte auf die leere Bühne, »ist komplett falsch. In echt sieht es so nämlich nicht aus.«

»Danke für den sachdienlichen Hinweis«, sagte Achim. »Wir, die Leute aus der Kunst- und der Theater-AG, haben natürlich ›das Echte‹ an unsere Gegebenheiten angepasst. Damit zeigen wir unsere künstlerische Freiheit, du Hornochse. Will noch jemand stänkern?« Er blickte drohend in die Runde. Niemand hob die Hand. »Gut so. Dann stelle ich euch den Mann vor, der den Powerpoint-Vortrag hält. Vorhang auf für ... Emil!«

Als die Leute aus meiner Klasse unseren Emil sahen, trampelten, pfiffen und kreischten sie natürlich wie die Irren. Emil verbeugte sich, aber weil der Lärm kaum nachließ, verschwand er wieder.

Ich trampelte, pfiff und kreischte nicht. Ich überlegte: In der 1. Szene stand ich vermutlich nur neben Josef und war hochschwanger. In der zweiten konnte ich die Handlung auch weitgehend meinem Mann überlassen – er musste für unsere Mitfahr- oder Mitreitgelegenheit sorgen. Aber in der 3. Szene ging's los: Wie gab man eine Schwangere? Krümmte man sich vor Schmerzen? Sank man anmutig zu Boden? Wurde man etwa bewusstlos? Oder reichte es, wenn man das Gesicht verzog, als hätte man einen vereiterten Backenzahn? Himmel, ich hatte noch nie einen vereiterten Backenzahn gehabt, und eine Schwangere kurz vor der Niederkunft hatte ich auch noch nie gesehen. Da musste ich wohl meine Ma fragen. Oder noch besser: Ich könnte mich auf der Entbindungsstation im Krankenhaus schlau machen.

In der 4. Szene hatte ich nichts zu tun, aber in der 5. und letzten war dann mein großer Auftritt: Mit dem Kind im Arm trete ich aus dem Stall. Wow … Die orientalisch gekleideten Übernachtungsgäste aus der Karawanserei wissen nicht, wie ihnen geschieht und was überhaupt los ist, die eleganten und topgestylten Könige beschenken mich, die popligen Hirten sinken auf die Knie, die Engel flattern jubilierend um uns herum … und dann kommt der überwältigende Augenblick: Josef küsst mich.

Ja.

Bloß, dass ich mich jetzt vor dem Josef ekelte. Wenn ich nur daran dachte, wie im Pausenhof heute Morgen seine Lippen auf Lillis Lippen klebten, also da wurde mir echt übel. Ohne Witz.

Ich nahm mir vor, die Szene mit meiner kleinen Schwester dahingehend zu üben, dass mich Josefs Lippen verfehlten.

Verfehlen mussten.

Nachdem ich mir das vorgenommen hatte, fühlte ich mich umgehend wieder topfit. Leider nur eine knappe Sekunde lang. »Mirja!«, rief Chris Löwenfeld. »Kommst du mal auf die Bühne?«

Ich stolperte nach vorn, stapfte die drei Stufen – oder waren es fünf? – zur Bühne hoch, stellte mich neben Löwenfeld und wusste, dass mein Gesicht ein roter Ballon und meine Frisur ein einziges Chaos waren. Außerdem fühlten sich meine Beine an wie Wackelpudding, der von Jeans zusammengehalten wurde. Absolut scheußlich eben. Und dann rief Löwenfeld: »Kommst du bitte auch, Jonas?!«

Natürlich stand der Josef neben seinem Engel, und natürlich trennte er sich erst dann von ihm, nachdem ihn der süße Engel geküsst hatte. Na ja … Dann latschte Josef auf die Bühne. Blieb mindestens fünf Meter von mir entfernt stehen und starrte zu Boden. Plötzlich rannte ein Mädchen aus den Kulissen und drückte mir eine riesige Puppe in die Arme. Eine so scheußliche Puppe hatte ich noch nirgends gesehen; es musste jede Menge Mühe gekostet haben, das hässliche Baby aufzutreiben. »Das soll das Kind sein? Das glaub ich jetzt nicht!«

»Hab dich nicht so. Die Puppe ist absolut lebensecht und hat die richtige Größe«, sagte das Mädchen, das ich noch nie gesehen hatte. »Wir haben sie von der Volkshochschule ausgeliehen; die Leute dort haben sie zu Übungszwecken angeschafft. Für Säuglingskurse und so. Also pass gut auf sie auf, ja? Übrigens: Sie pinkelt sogar, wenn man Wasser einfüllt.«

Auch das noch, dachte ich und ließ die blöde Puppe um ein Haar fallen. Ich drückte sie an mich – und tatsächlich! Es tropfte aus der Windel. »Igitt!«

Alles lachte, bis Löwenfeld um Ruhe bat, auf Jonas zeigte und ihn aufforderte, auf die Bühne zu kommen und sich neben seine Maria zu stellen.

Gebückt schlurfte er herauf und stellte sich mit hängenden Schultern, die Hände tief in den Taschen vergraben, meterweit von mir entfernt an den Rand der Bühne.

Löwenfeld hob die Augenbrauen. »Geht´s noch weiter weg von der Maria?«

»Klar doch.« Jonas hüpfte von der Bühne, stellte sich wieder neben Lilli und griff nach ihrer Patschhand.

»Herr Löwenfeld!«, rief Yasin, »wenn Jonas zu blöd ist für den Josef springe ich für ihn ein!«

»Ja, tu das!«, riefen die Könige begeistert, die Leute vom Orchester klopften auf ihre Instrumente und skandierten: »Ya-sin, Ya-sin, Ya-sin!«

Es dauerte, bis wieder Ruhe einkehrte. »Na, wie ist´s, Josef? Bist du deiner Rolle gewachsen?«, fragte Löwenfeld spöttisch.

Mit knallroter Birne stellte sich Jonas neben mich, aber als nun die Engel auf die Bühne gerufen wurden, trat Lilli so dicht an seine Seite, dass kein Haar aus dem Schwanz eines Esels dazwischen gepasst hätte. Ihr zärtliches Lächeln verkündete allen: He, das ist mein Lover!

Chris' Seufzer war garantiert noch in der hintersten Ecke des Saals zu hören, danach schickte er die drei Könige aus dem Morgenland auf die Bühne.

»Was ist mit mir? Mit dem Wirt?« Yasin drängelte sich an den Engeln vorbei, schubste die Könige ein Stück weit nach hinten und zog mich vor bis an den Bühnenrand – ohne Rücksicht auf Jonas, der ganz verloren neben den Engeln stehen blieb.

»Was soll das?«, erkundigte sich Chris.

Yasin drehte sich um. »Ja, wo ist er denn, unser Josef? Herr Löwenfeld, wir, der Josef und ich, der Wirt, nehmen die Maria in die Mitte. Ich finde, das macht sich gut; so kapieren die Zuschauer gleich, wer die Hauptpersonen in dem Stück sind.«

»Mann«, protestierte unser Musiklehrer. »Es wird niemand im Saal sein, der die Geschichte nicht kennt. Im Übrigen, Yasin: Hab ich dich gerufen?!«

»Nö. Die Mühe wollte ich Ihnen ersparen«, meinte Yasin höflich. »Jetzt fehlen nur noch die Hirten. Und die Tiere, natürlich. Ach ja – warum hat sich der Kaiser eigentlich verkrümelt? Den brauchen wir auch noch.«

Auf die Tiere wurde an diesem Nachmittag verzichtet, auf die Leute, die man fürs Wimmelbild brauchte, auch. Wir, die Sänger und Schauspieler, mussten die Bühne wieder verlassen, um Platz für die Kulissenträger zu machen. Die wichtigste Kulisse war natürlich die von der Karawanserei und dem Stall, und ich muss sagen: Die Leute von der Kunst-AG hatten sich echt ins Zeug gelegt und fantastische Arbeit geleistet.

Doch davon später mehr; nach der ersten Hauptprobe nämlich ergatterte ich, weil ich einen Sprint hinlegte, den frühen Bus, rannte zu unserem Häuschen, schloss die Türe auf, warf wie immer meine Schultasche in die eine, den Anorak in die andere Ecke, und –

11. Dezember

Keine allerbeste und auch keine zweitbeste Freundin meiner kleinen Schwester, auch nicht Mas Freund, Fritz Geier, und schon gar nicht Jonas, mein Ex, saß gestern auf der Bank und wärmte sich den Rücken am Kachelofen.

»Du schon wieder?«, sagte ich und gab meinem Vater ein Bussi. »Hat dich deine Yvonne gehen lassen? Oder bist du heimlich hier, Paps?«

»Natürlich ist er heimlich hier! Ist das nicht toll von ihm?« Meine Schwester saß auf seinem Schoß und warf die Arme um seinen Hals. »Er will wissen, was wir uns zu Weihnachten wünschen. Also ich«, sagte meine kleine Schwester, »wünsche mir etwas, was nichts kostet.«

»Du???« Ich dachte, ich höre nicht recht. »Du wünschst dir doch immer die teuersten Geschenke, Leonie.«

Sie tat so richtig geheimnisvoll. »Diesmal nicht. Zu Weihnachten wünsche ich mir nur …« Sie flüsterte unserem Paps etwas ins Ohr. Der zuckte zusammen und warf sie richtiggehend vom Schoß. »Das geht nicht, Leonie! Das weißt du doch! Das Geschenk kann ich dir unmöglich schenken!«

Meine kleine Schwester verzog das Gesicht, und schon kullerten die ersten Tränchen – sie kann auf Befehl heulen, großes Ehrenwort! »Aber es kostet doch nichts!«, flehte sie. »Sieh mal, Paps …«

»Nein. Tut mir leid.« Er eilte in den Flur. Zog den Mantel an. Sagte, die Hand schon an der Klinke: »Einen Gruß an eure Mutter.« Machte die Tür auf. Schlüpfte raus. War weg.

Schade.

»Mann oh Mann … was hast du dir nur gewünscht, Leonie?«

Meine kleine Schwester starrte mit riesengroßen Kulleraugen auf die geschlossene Tür, als stünde da ein Geist. »Hm?«

»Was du dir gewünscht hast, will ich wissen«, schrie ich sie an.

Sie drehte sich langsam zu mir um. »Sag mal, kennst du seine Yvonne?«

»Ich? Ne. Und ich will sie auch nicht kennen«, antwortete ich mürrisch. »Also – was hast du dir …«

»Komm mal mit!« Meine kleine Schwester rannte die Treppe hoch und in unser Schlafzimmerchen. Dort griff sie unter ihre Matratze und zog ihr Handy hervor. Sie setzte sich auf ihr ungemachtes Bett, klopfte auf den Platz neben sich, drückte auf ein paar Tasten und hielt mir ihr Handy vor die Nase. »Das ist seine Yvonne. Wie findest du sie?«

»Hast du ihr aufgelauert?«

Sie schüttelte unwillig den Kopf. »Sag schon: Wie findest du seine Yvonne?«, wiederholte meine Schwester.

»Jung«, antwortete ich spontan. »Sie sieht echt gut aus«, setzte ich hinzu. Das stimmte; die Neue unseres Vaters sah fast so gut aus wie Heidi Klum, als sie noch jung war – schlank und mit einer ellenlangen blonden Mähne bis fast zum Po runter. Na ja, nicht ganz, aber die Haare fielen ihr auf jeden Fall bis über die Schultern. Ich kratzte mich am Kopf. »Unsere Ma kommt gegen die nicht an.«

»Hast recht«, bestätigte Leonie. »Unsere Ma ist viel netter. Weil ...« Sie rief das nächste Foto auf. »Unsere Ma ist anständig. Guck mal!«

»Iiii – das geht aber gar nicht!«, rief ich und nahm das Handy in die Hand, um das Foto besser sehen zu können. »Ich fass es nicht! Wann hast du das aufgenommen, Leonie?«

»Am Freitagnachmittag«, antwortete meine kleine Schwester cool wie sonst noch was. »Als ich sagte, ich würde bei Sophie übernachten.«

»Ne!«

»Klar doch. Eigentlich wollte ich zu Paps, aber als ich vor der Haustür stand und die vielen Klingelknöpfe sah, traute ich mich nicht. Und wie ich mich nicht traute, geht die Tür auf – und wer kommt raus? Papas Yvonne. Stiefel bis übers Knie, schicker Mantel, schicke Mütze, und total überparfümiert. Und«, Leonie hob ihren kleinen kurzen Zeigefinger, »mit einer riesigen Sonnenbrille auf der Nase. Das hat mich umgehauen. Erinnerst du dich? Es hat geschneit wie blöd. Deshalb ...«

»Moment mal! Woher wusstest du, dass die Person Vaters Yvonne war?«

»Weil ich sie schon oft ausspioniert hab, deshalb.«

Da kapierte ich etwas Entscheidendes: Meine kleine Schwester mit ihren unschuldig blickenden blauen Kulleraugen war mir haushoch überlegen. Und noch was kapierte ich: Sie war auch sehr viel tatkräftiger als ich. »Davon hast du mir nie etwas gesagt!«

»Nö. Du hättest mich vielleicht verpetzt. Aber egal: Ich bin der Yvonne gefolgt. Und als ich ihr so hinterher gehe, hole ich natürlich mein Handy aus der Manteltasche. Ich dachte nämlich: Könnt ja sein, dass sie sich mit einem anderen Mann trifft, so gestylt wie die Tussi ist. Mirja! Überleg doch: Sie trug eine Sonnenbrille, obwohl es schneite!«

Ich deutete auf das Handyfoto. »Und du hattest recht. Mann oh Mann. Was tun wir jetzt?« Ich schlug mir an die Stirn. »Also, WAS wolltest du von Paps zu Weihnachten?«

»Ist doch klar: dass er zu uns zurückkommt. Dass wir wieder eine richtige Familie sind. Oder«, fragte meine kleine raffinierte Schwester, »willst du einen Stiefvater namens Fritz Geier? Und eine Stiefmutter, die unseren Paps betrügt?«

Ich schüttelte den Kopf. »Leonie, wer will das schon?!«

»Eben. Deshalb habe ich mir gedacht …«

Unten ging die Tür auf, dann hörten wir Mas Stimme: »Kinder! Mirja, Leonie! Wo seid ihr?«

»Versteck das Handy!«, zischte ich und rief dann: »Wir sind oben!«

Und Leonie schrie: »Mami, wir kommen!« Sie hielt den kurzen dünnen Zeigefinger vor die Lippen. »Kein Wort zu Mama!«

»Aber später? Wenn wir im Bett liegen?«

Ich glaube, seit vielen Wochen sind wir nicht so früh ins Bett gegangen wie an diesem Abend. Zum Glück fiel es unserer Mutter nicht auf, denn sie hing am Telefon und unterhielt sich mit ihrer allerbesten Freundin über das allerallerwichtigste Thema überhaupt: MÄNNER.

Das war ja sozusagen auch unser Thema, deshalb beeilten wir uns mit dem Zähneputzen, schlüpften zusammen in mein Bett und machten sofort das Licht aus.

»Zeig mir noch mal das Handyfoto«, bat ich. Ich sah es ziemlich lang an, denn es zeigte diese Yvonne, die einen jungen Mann küsste. Dass er nicht viel älter war als sie, sah man an seiner Figur und an den vielen dunklen Haaren auf seinem Kopf. Unser Paps hat viel weniger Haare, die auch schon einen leichten Grauschleier aufweisen. »Der Mann könnte ein Vetter oder ein Bruder sein«, sagte ich schließlich. »Hat sie einen Bruder? Oder einen Cousin?«

»Ist doch egal«, flüsterte Leonie ungeduldig. »Weil – du bist meine Schwester. Würdest du mich so küssen, wie die Yvonne den Mann küsst?«

»Ne«, gab ich zu. »Der Kuss ist echt extrem.«

»Eben. Also kann es sich bei dem Kerl nur um einen Freund handeln. Einen FREUND, Mirja! Du weißt, was das bedeutet?«

»Sag es mir.«

»Dass sie unseren Paps tatsächlich betrügt – das bedeutet der Kuss.«

Ich musste zugeben, dass der Kuss stark nach Betrug aussah. »Und? Willst du das Foto Paps zeigen?«

»Das Foto?« Leonie lachte. »Ich hab doch nicht nur eines, Mirja!«

Sie drückte mir ihr Handy in die Hand, und als ich die folgenden Bilder aufgerufen hatte – sechs Stück waren es – war ich ziemlich erschüttert. »Pas Yvonne ist ein Miststück.«

»Das sehe ich auch so«, bestätigte meine kleine Schwester. »Deshalb werden wir etwas unternehmen müssen, Mirja.«

Sie knipste das Handy aus, schob es wieder unter die Matratze, unter meine Matratze diesmal, und flüsterte mir eine ganze Weile lang ihren Plan ins Ohr. Zum Schluss sagte sie: »Na, was hältst du davon, Mirja?«

»Könnte klappen.«

»Könnte?! Es MUSS klappen.«

Als unsere Mutter nach uns sah, lag Leonie brav in ihrem Bett. Wir taten so, als würden wir schlafen; meine kleine Schwester schnarchte sogar ein bisschen. Sie machte das sehr gut.

Am Morgen, also heute Morgen, konnte ich meiner Mama nicht in die Augen sehen. Ich meine: Sie hat erstens ihren Mann verloren. Und zweitens wird der gerade von seiner Freundin zur Minna gemacht. Unsere Mutter ist nicht schadenfroh; aber wenn sie das von der Yvonne wüsste, würde sie sich vielleicht doch freuen – so nach dem Motto: Geschieht dir recht, mein Lieber!

Trotzdem, ich konnte es mir nicht erklären, aber irgendwie tat mir unsere Mutter leid. Jedenfalls machte ich, dass ich aus dem Haus kam. Ich sagte nur noch, dass wir am Nachmittag wieder das Musical proben würden.

So war es auch.

Zuerst war die erste Szene an der Reihe. Da saß der Kaiser auf seinem roten Plüschthron, entrollte einen langen Streifen Tapetenpapier und las vor: »Ich, Kaiser Augustus, befehle: Geht dahin, wo ihr geboren seid. Ich will euch zählen. Trödelt nicht herum, beeilt euch!«

Dann rollte der Kaiser das Papier wieder zusammen, erhob sich und stolzierte von der Bühne. Dann erlosch das Licht, und als es wieder leuchtete, nahmen wir uns die zweite Szene vor: Das Wimmelbild.

Wir, die Untertanen, also Scheichs, Hirten, Bauern, Reisende, verschleierte Frauen, Seeleute, Jonas/Josef und ich, die Maria, mussten wie wild durcheinanderlaufen und -schreien: »Und das im Winter! Reiten wir? Nehmen wir die Pferde oder reiten wir auf unseren Kamelen?« Lauter solche unsinnigen Sätze mussten wir schreien.

Danach ging das Licht wieder aus, und alle mussten von der Bühne.

Chris Löwenfeld klatschte in die Hände. »Leute, das war schon so gut, dass wir uns gleich die dritte Szene vornehmen. Maria und Josef – auf die Bühne bitte!«

Gut, das taten wir, und damit begann der Jammer.

Jemand stopfte mir ein Sofakissen zwischen Pulli und Jeans und sagte: »Du bist schwanger, Maria. Du musst dich nach hinten lehnen. Musst deine Hand in den Rücken legen und ganz, ganz kleine Schritte machen. Hast du das verstanden?«

Ich nickte; klar, ich war ja nicht schwerhörig.

»Und du, Josef, musst deiner Frau den Arm um die Schultern legen und sie stützen.«

Jonas legte mir den Arm um die Schultern. »Hallo!«, rief Chris Löwenfeld. »Maria ist deine Frau! Nun sei doch nicht so ein unsensibler Stockfisch, Josef! Du liebst die Maria! Sei zärtlich zu ihr!«

Oh je. Um nichts in der Welt schaffte es der Jonas/Josef, mich, die Maria, liebevoll zu führen. Erschwerend kam natürlich hinzu, dass unten, direkt in der ersten Reihe vor der Bühne, die Lilli saß und ihren Jonas nicht aus den Augen ließ. Chris Löwenfeld sprang herum und brüllte dauernd: »Neeeiiiin! Doch nicht soooo, Josef!«

Auf einmal hörte ich eine Stimme, die sagte: »Also das hält ja niemand aus!« Und dann, dann sprang Yasin mit einem Satz auf die Bühne, schubste Jonas beiseite und rief: »Mann, lass mich mal ran!«

12. Dezember

Ich wusste nicht, wo mir der Kopf stand; wie auf einer himmlischen Wolke schwebte ich an diesem Spätnachmittag nach Hause.

Als Yasin auf die Bühne gestürmt war, schubste er erst mal Jonas' Arm von meiner Schulter, dann legte er seinen um mich und führte mich mit kleinen Schritten. Dabei sagte er lauter nette Sachen wie: »Ist nicht mehr weit, Maria. Halte durch; du schaffst das. Sollen wir eine kleine Pause einlegen? Möchtest du etwas trinken? Oder lieber etwas essen? Komm, du musst doch Hunger haben! Frierst du auch nicht? Soll ich meinen Mantel um deine Schultern legen?«

Zuerst kicherten die Zuschauer, aber weil Yasin genau den richtigen Ton traf – nicht blöd und übertrieben, sondern echt besorgt –, klatschten alle, als wir die Bühne umrundet hatten. Chris Löwenfeld war total begeistert. »Jonas, hast du aufgepasst? Genauso musst du den Josef spielen.«

»D...das kann ich nicht«, stotterte er. Er zog die Schultern hoch und den Kopf ein und traute sich nicht, seine Lilli anzuschauen. Und die war natürlich total sauer.

Die Mitspieler und die Leute vom Chor und Orchester trampelten, klatschten und schrien dazu: »Trau-dich! Trau-dich!« Und »Feig-ling! Feig-ling!«

Zugegeben – es war eine blöde Situation für Jonas und Lilli. Wenn er den Josef nicht so toll spielte wie Yasin es ihm vorgemacht hatte, outete er sich als schlechter Schauspieler. Gab er aber den besorgten Mann, würde Lilli vor Eifersucht und Wut platzen.

Yasins Arm lag noch immer auf meiner Schulter. »Wird's bald, Jonas?«, erkundigte sich Löwenfeld, und einer von den Zuschauern brüllte: »Brauchst du 'ne Extraeinladung, Kumpel?«

Jonas schüttelte den Kopf; trotzdem kam er einfach nicht in die Gänge. Er stand am Rand der Bühne und starrte zu Boden. »Soll ich den Josef spielen?«, fragte Yasin. »Ich kann das; hat ja jeder im Saal gesehen, was?«

Aber da kam Leben in Lilli! Sie sprang auf und kreischte: »Zuerst hast du dir die Rolle des Wirts erschlichen! Und jetzt willst du Jonas ausbooten? Herr Löwenfeld, tun Sie was!«

Wir hielten den Atem an. Würde Chris Löwenfeld Jonas absetzen?

Er ließ sich Zeit. »Mir scheint«, meinte er schließlich, »hier geht es gerade um mehr als um die Rolle des Josefs.«

Niemand antwortete.

»Aber ein guter Schauspieler muss das spielen, was die Rolle von ihm verlangt – und nicht das, was sein Herz ihm sagt.«

»Buhhh« schrien die Leute, und »Uhhh, Herr Löwenfeld«.

Der hob die Hand. »Ruhe im Saal! Okay, die Zeit drängt, wir müssen zu einer Entscheidung kommen. Also Jonas: Willst und kannst du den Josef spielen? Oder frisst dich die Lilli auf, wenn du nett bist zur Maria?«

Wenn ein Junge, der in mich verknallt war, eine Rolle – eine Hauptrolle sogar! – ablehnen würde, weil er eine andere eventuell hätte umarmen und küssen müssen – also das wäre für mich der ultimative Liebesbeweis gewesen. Deshalb war ich auch gespannt wie nur was auf Jonas' Antwort. »Was hat die Lilli mit meiner Rolle zu tun?«, entgegnete er wütend. »Na klar kann ich den Josef geben.«

Ich hörte, wie Lilli: »Du Schuft!«, zischte. Ihre allerbesten Freundinnen zischten auch. Yasin, dessen Arm noch immer auf meiner Schulter lag, zog mich kurz an sich. »Na dann, Maria. Pass gut auf dich auf.«

Er hüpfte die Stufen hinunter, holte sich einen Stuhl und stellte ihn direkt vor die Bühne. Dann drehte er sich zu den Zuschauern um. »Na, da wollen wir doch mal sehen, was der Josef so draufhat. Nicht wahr, Herr Löwenfeld?«

Klar, dass der ganze Saal vor Lachen brüllte.

»Ruhe!« Löwenfeld hob wieder mal die Hand.

Da hörte ich, wie ein Mädchen zu einer anderen sagte: »Der Yasin ist total verknallt in die Mirja.«

»Muss er wohl sein«, antwortete die andere. »Warum hätte er denn sonst den Josef so toll spielen können? Sag mir das ... Obwohl ich's nicht verstehe. Mirja singt super, aber sonst ist sie ja eher der Mauerblümchen-Typ.«

»Finde ich auch. Aber, wo die Liebe eben hinfällt ...«

Wie bitte? Nie und nimmer war Yasin verknallt in mich. Erstens kannten wir uns ja so gut wie überhaupt nicht, und zweitens ... zweitens ... wer verliebt sich schon in ein Mauerblümchen?

Chris Löwenfeld klatschte wieder in die Hände. »Die Szene noch mal. Josef, leg den Arm um Maria und führe sie um die Bühne. Und denk dran: Sie ist schwanger. Eine Schwangere bewegt sich nicht so schnell. Kapiert?«

Drei Mal mussten wir von einer Seite der Bühne zur anderen gehen, erst dann war Löwenfeld mit unserer Performance zufrieden. Da klingelte es auch, Chris setzte noch schnell die nächste Probe auf morgen, Freitag, um 17 Uhr an, dann war Schluss.

Als ich meinen Schal um den Hals wickelte, sah ich, wie Jonas zur Lilli ging. »Du Schuft!«, fuhr sie ihn gleich an.

»Du hast doch gesagt, ich solle unbedingt den Josef spielen«, verteidigte er sich.

»Ja klar, aber doch nur, wenn ich die Rolle der Maria bekomme!«, fauchte sie.

»Wie bitte? Dann ging es dir gar nicht um mich?«, erwiderte er verdutzt.

»Doch. Schon. Klar, aber jetzt küsst du die blöde Mirja. Und ich steh daneben und muss zusehen!«, jammerte sie.

»Na und? Es ist doch nur 'ne Rolle.«

Mick, der Schlagzeuger, boxte Jonas in die Seite. »Kumpel, wie ist's? Treffen wir uns morgen zum …«

»Geht nicht«, sagte Lilli schnell und legte ihren Kopf an Jonas' Brust. »Er hat sich schon mit mir verabredet. Das stimmt doch, Jonas?«

Der bekam einen knallroten Kopf. »M… m… mal sehen, Mick.«

Mick schnaubte. Als ich im Bus saß, fragte ich mich, seit wann Jonas stotterte. Aber so sehr interessierte es mich dann doch nicht, denn ich saß ja sozusagen auf einer himmlischen Glückswolke: War Yasin tatsächlich in mich verliebt? Oder hatten die Mädchen nur blöd getratscht?

Ich war mir nicht sicher.

Ich jedenfalls war nicht in ihn verliebt. Wie gesagt, ich kannte ihn ja so gut wie überhaupt nicht. Aber wenn er in mich verliebt war, und wenn ich ihm während der Proben zu unserem Musical näherkommen sollte … wäre es dann möglich, dass auch ich mich in ihn verliebte? Wollte ich das denn? Wollte ich mich in jemanden verlieben, nur weil der sich in mich verliebt hatte? Ging das denn?

Ich war total durch den Wind.

Dann, als ich nach Hause kam, saß mein Vater schon wieder auf der Bank und wärmte seinen Rücken am grünen Kachelofen. Nur dass meine Ma auch schon da war. Das war so neu und so ungewöhnlich, dass bei mir alle Warnlampen aufleuchteten. »Ist was passiert? Und wo ist Leonie?«

»Bei Sophie, ihrer allerbesten Freundin«, antwortete meine Ma. »Nein, passiert ist nichts. Es geht um eure Weihnachtsgeschenke.«

»Eure?«, hakte ich sofort nach. »Oder nur um Leonies ganz speziellen Wunsch, den man nicht kaufen kann?«

Mein Vater räusperte sich. »Es geht um ganz normale Wünsche.«

»Na dann ...« Da ich noch immer auf meiner himmlischen Wolke schwebte, war mir das, was unser Vater uns zu Weihnachten schenken würde, ziemlich egal. Ich fragte mich Wichtigeres. Zum Beispiel, was Yasin in mir sah, falls er sich tatsächlich in mich verliebt haben sollte. Mann, warum verliebte sich ein echt genialer Typ in ein Mauerblümchen? Das gab's doch nicht, das war doch so unwahrscheinlich wie nur was.

Sogar später, als ich längst im Bett lag, beschäftigte mich die Frage. Und dann, als ich heute Morgen aufwachte, beschäftigte sie mich gleich wieder. Ich stand ziemlich spät auf, wankte ins Bad und stellte mich vor den Spiegel. »Hallo Mauerblümchen«, sagte ich leise zu mir.

Da erst sah ich, dass Leonie neben mir stand. »Geht's noch? Oder bist du übergeschnappt? Muss ich den Arzt rufen?«

»Alles in Ordnung. Mach dir bloß keine Sorgen um mich.«

»Gut so. Ich hab nämlich schon genug Sorgen.«

»Echt? Schulsorgen?«, erkundigte ich mich.

Meine kleine Schwester schüttelte den Kopf. »Familiensorgen. Ne. Genauer: Yvonne-Sorgen.«

»Wahnsinn. Hast du sie wieder ausspioniert?«

Leonie nickte. »Den ganzen Nachmittag gestern. Ich hatte kaum noch Zeit, die Hausaufgaben zu machen. Aber weißt du was, Mirja? Paps ...«

»Er war gestern hier. Wegen der Geschenke.«

Leonie putzte sich die Zähne. »Oooau-chchch-mmmm?«

Dann spuckte sie aus. »Er will uns neue Skier schenken. Willst du das?«

»Skier?« Bei uns in den Bergen lernt ein Kind zuerst das Skifahren und dann das Laufen – in dieser Reihenfolge. Und natürlich ist es gut, wenn man auf angesagten Brettern die Hänge runterwedelt. Andererseits macht man sich unmöglich, wenn man auf topschicken Skiern nicht wie ein Olympiasieger fährt – ist ja klar. Ich hatte leider keinen olympiaverdächtigen Stil; ich fuhr einfach nur normal gut. »Wir haben letzten Winter neue Skier bekommen«, fiel mir ein. »Warum jetzt schon wieder? Fällt Paps nichts Besseres ein?«

Leonie bürstete sich die Haare. »Frag mich was Leichteres. Ich jedenfalls will nicht schon wieder ein Paar Skier. Mein Wunsch steht fest.«

»Ist's immer noch der, den man nicht kaufen kann?«

»Klar«, bestätigte Leonie und drückte einen Reif in die Haare. Der war neu.

»Schick. Aber wegen der Yvonne …«

Jetzt cremte sich Leonie das Gesicht ein; meine kleine Schwester benützt immer noch bébé. Sie findet die Creme voll in Ordnung, weil sie noch zu klein für das ganze Anti-Pickel-Programm ist.

»Die war shoppen.« Leonie schloss sorgfältig die rosa Dose. »Eine Krawatte, ein Pulli und Socken. Ich vermute mal, die Sachen sind für Paps.«

»Oder für ihren Freund.«

Leonie schüttelte den Kopf. »Für den hat sie ein Rasierwasser gekauft. Und etwas total Unmögliches: Manschettenknöpfe! Ich dachte zuerst: wer trägt heute noch Manschettenknöpfe! Aber dann, als Yvonne weg war, hab ich die Verkäuferin gefragt. Und weißt du, was sie sagte: »Teure Manschettenknöpfe sind wieder voll in!«

»So, so … Also teuer müssen sie sein?«

»Edel müssen sie sein. Wenn sie edel sind, sind sie auch teuer. Aber das ist's nicht, was mir Sorgen macht.«

»Ne?«

»Nein.«

»Was dann?«

»Hallo! Leonie! Mirja!«, rief unsere Ma von unten herauf. »Beeilt euch, der Kakao wird kalt!«

»Wir kommen!«

Ich hielt meine kleine Schwester zurück. »Sag schon. Warum machst du dir Sorgen?«

»Yvonne hat … also die Yvonne hat Baby-Sachen gekauft.«

Mir blieb die Spucke weg. »Für welches Baby denn?«

»Mirja!«, rief Leonie. »Überleg doch!«

13. Dezember

Vor der Schule stieg ich mit sehr gemischten Gefühlen aus dem Bus. Heute war Freitag, der 13. Bekanntermaßen war das ein Unglückstag, und da ich wusste, dass Lilli unbedingt die Maria spielen wollte, musste ich auf allerhand gefasst sein. Und wie sollte ich mich verhalten, wenn mir Yasin auf dem Hof übern Weg laufen sollte? Mann, allein bei dem Gedanken bekam ich schon eine rote Birne! Ganz abgesehen davon, dass am Nachmittag die nächste Probe stattfinden würde. Immer noch ohne Gesang und ohne Orchester; Löwenfeld wollte erst mal stumm proben.

Es stellte sich aber heraus, dass ich mir wegen Lilli und ihren allerbesten Freundinnen unnötig Sorgen machte. Sie stellten mir kein Bein und ärgerten mich auch sonst nicht; überhaupt hielten sie an diesem Tag Abstand, und sogar während der großen Pause standen sie im Hof in einer anderen Ecke. Lilli und Jonas hielten Händchen, und als es klingelte, küssten sie sich lange und innig.

Na ja. Ging mich nichts mehr an.

Yasin sah ich erst am Nachmittag, als wir uns wieder im Festsaal zur Probe der vorletzten Szene trafen. Er, Jonas/Josef und ich mussten auf die Bühne. Josef stützte mich, wir näherten uns der Karawanserei, Josef klopfte mit seinem Stock ans Tor, aber das blieb erst mal zu. Josef musste mehrmals klopfen, bis Yasin, der Wirt, es schließlich öffnete. *»Wer klopfet an?«*

Ich sang: »Zwei gar sehr arme Leut'!«. Josef brummte dazu und rang die Hände.

Der Wirt guckte finster und verschränkte die Arme vor der Brust. »Was wollt ihr denn?«

»Wir suchen Herberg heut'!«

Du lieber Himmel! Da kam Leben in den Wirt! Er, also Yasin, lachte fies, schüttelte den Kopf und wies mit dem Daumen nach hinten auf die Herberge. »Guter Mann, seit Tagen platzt mein Haus aus allen Nähten. An ein freies Bett ist nicht zu denken, die Vorräte gehen zur Neige, und pro Person gibt es nur einen Becher Wasser am Tag. Tut mir leid, jeder Winkel ist belegt.«

Josef schrie auf: »Aber meine Frau ist schwanger!«

Unten kicherten die Zuschauer, denn Josef gab wirklich sein Bestes. Jetzt sank er sogar vor dem Wirt auf die Knie, rang die Hände und jammerte: »Habt doch Erbarmen mit meinem armen

Weib! Könnten Sie nicht wenigstens in die Besenkammer ein paar Kissen legen?«

Der Wirt wandte sich ab. »Nix zu machen. Da logiert bereits eine siebenköpfige Familie. Die haben´s so eng, dass sogar die Mäuse Reißaus genommen haben.«

Josef klammerte sich an Yasins Jeanshose. »Es geht doch nicht um mich! Verstehen Sie doch – bald wird das Kind zur Welt kommen! Soll meine Frau erfrieren? Wollen Sie, dass das Kind gleich an Unterkühlung stirbt? So hartherzig können Sie doch nicht sein! Haben Sie Mitleid mit uns, Herr Wirt!«

»Mitleid hab ich schon. Aber ein Bett kann ich leider nicht herbeizaubern, aber …« Er runzelte die Stirn, wuschelte durch die Haare und tat alles, um den Nachdenklichen zu spielen. Er trat von einem Bein aufs andere, er ging ein paar Schritte nach links, dann nach rechts, und plötzlich schlug er sich an die Stirn. »Ich hab's!«

»Ein Bett?!«, fragte Josef hoffnungsvoll.

»So was ähnliches; jedenfalls hättet Ihr ein Dach überm Kopf, und warm wäre es auch, was in so kalten Nächten ein echter Luxus ist.«

»Woran denkt Ihr denn, Herr Wirt?«

Der zierte sich. »In schlechten Zeiten muss man mit dem vorlieb nehmen, was zur Verfügung steht. Gebt Ihr mir recht, Josef?«

»Ja, aber wo steht denn das Bett? Maria kann sich kaum mehr auf den Beinen halten; seht Ihr das denn nicht?«

»Stimmt. Eurer Frau geht es miserabel. Also kommt mit …«

»Aber wohin denn?«

»Ich denke an den Stall«, antwortete der Wirt und setzte sich in Bewegung. »Wenn die Kamele, die Ochsen und vor allem die Esel zusammenrücken, könnten wir dort noch ein ganz nettes Plätzchen für Eure Frau schaffen.«

Josef sprang auf die Füße und schrie entsetzt auf: »Im Stall?! Also das geht gar nicht! Das ist unzumutbar!«

»Tja«, der Wirt blieb stehen. »Schade. Mehr kann ich Euch leider nicht bieten.«

»Josef«, sagte ich, »mir ist alles recht. Selbst ein Lager im Stroh.«

»Wusst ich's doch«, rief Yasin, der Wirt, ging mit uns die paar Schritte zum Stall rüber und Chris Löwenfeld rief: »Das war schon recht ordentlich! Nur die Maria hat nicht mitgespielt. Alles noch mal, und bitte, Mirja, denk dran: Dir geht es miserabel, also steh nicht einfach nur herum, sondern krümm dich vor Schmerz. Du weißt, was ich meine, ja?«

Ich gab echt mein Bestes. Ich krümmte mich, ich stöhnte, und als wir, der Wirt, Josef und ich, dann vor dem Stall standen, sank ich sogar zu Boden. Ehrlich, ich legte eine Ohnmacht hin, die sich gewaschen hatte. Yasin und Jonas mussten mich in den Stall tragen!

»Die Maria hat viel zu dick aufgetragen«, rief Lilli. »Herr Löwenfeld, finden Sie das nicht auch?«

Chris Löwenfeld schüttelte den Kopf, und die anderen buhten Lilli aus. Damit war die Sache erledigt. Ich stellte mich rechts, Jonas links an den Rand der Bühne, um zu sehen, wie die nächste Szene so lief.

Karl aus der Neunten musste von links auf die Bühne treten. Er hielt einen sehr langen Stock hoch, an dem ein Lampion in Sternform baumelte. Den sollte er möglichst ruhig über den Stall halten, aber weil der Stock ein ziemliches Gewicht hatte, fingen seine Arme schnell zu zittern an. Und damit schwankte der Stern.

Löwenfeld gefiel das überhaupt nicht. Es dauerte, bis Yasin eine geniale Idee hatte. »Herr Löwenfeld«, schlug er vor, »wir stellen einfach einen Stuhl hinter die Kulisse des Stalls. Karl setzt sich, er stellt den Stock auf dem Boden ab, und der Kittel ist geflickt.«

Das Zittern hörte zwar auf, aber die Idee hatte leider einen Haken: Der Stock war zu kurz, der Stern stand nicht über, sondern hing vor dem Stalldach. »Wie sieht das denn aus?!«, spottete Lilli sofort. »Also das geht gar nicht!«

»Natürlich geht das. Der Stock ist eben zu kurz«, verteidigte Yasin seine Idee. Die Leute von der Kunst-AG unterstützten ihn und versprachen, einen längeren zu besorgen.

Als Übergangslösung schleppten sie einen Tisch ran und stellten den Stuhl darauf. Karl kletterte auf den Tisch, setzte sich, stellte das eine Ende des Stocks auf dem Tisch ab – und das Ganze war so perfekt, dass alle fanden, die Übergangslösung könne bleiben, ein längerer Stock müsse nicht sein, schließlich würden die Zuschauer vom ganzen Aufbau nichts mitbekommen.

Dann mussten die Hirten auf die Bühne.

Ihre Rolle war einfach genug: sie sollten von links aus den Kulissen kommen und vor Kälte schlotternd dem Stern folgen. Leider bewegte sich der Stern nicht; er hing ja schon überm Stall. »Karl, komm runter vom Stuhl!«, rief Herr Löwenfeld. »Das Ganze noch mal von vorn!«

Wir sahen zu, wie sich der Stern von links aus den Kulissen bis hintern Stall bewegte, wie er zuerst anhielt, dann ganz furchtbar wackelte und schwankte, plötzlich einen Sprung nach oben machte und schließlich überm Stall zur Ruhe kam. »Das sieht unmöglich aus!«, riefen Lilli und ihre zwei allerbesten Freundinnen – und damit hatten sie ausnahmsweise mal recht.

Doch wieder fand Yasin eine Lösung. Er winkte seinem Bruder Murat. Der musste sich neben den Tisch stellen, den Stock samt Stern so lange halten und zentimeterweise nach oben schieben, bis Karl auf den Tisch geklettert war, auf dem Stuhl saß und den Stock wieder halten konnte.

Das klappte auf Anhieb. Trotzdem – es war eine echt simple Szene, die aber mehr Zeit kostete als alle anderen zuvor.

Deshalb legte Löwenfeld einen Zacken zu. »Jetzt die drei Könige! Beeilt euch!«

Emir hielt seinen Schulrucksack in den Armen, Lit trug feierlich einen Fußball, und Kagiso seine Turnschuhe. Mit gemessenen Schritten kamen sie von rechts und trafen vorm Stall auf die Hirten. Beide Parteien verbeugten sich ... »Gut so!«, rief Löwenfeld. »Das reicht fürs Erste. Jetzt die Engel auf die Bühne!«

Die drei Hexen sprangen die paar Stufen hoch und stellten sich vor die Hirten und Könige. Sie pumpten mit den Armen und machten den Mund auf und zu. Das sah so idiotisch aus, dass alle im Saal furchtbar lachen mussten.

»Was ist?«, verteidigte sich Lilli. »Wir können schließlich nicht einfliegen oder übers Stalldach rutschen, oder?«

Das konnten sie natürlich nicht, aber wieder fand Yasin die Lösung. »Wie wär's, wenn ihr aus dem Stall kommen würdet?«

Na ja, ideal war das ja auch nicht, vor allem deshalb, weil sie im Gänsemarsch rauskamen. »Ich hab mir das ganz anders vorgestellt«, gestand Löwenfeld. »Ich meine, Engel sind anmutige Wesen, aber ihr ...«

»... seid einfach nur drei Steckerlfische!«, rief Murat, Yasins Bruder.

Murat fiel dann ein, dass am Ende der vorherigen Szene das Licht ausgemacht wurde. »Herr Löwenfeld, die Engel könnten doch schon vorm Stall stehen, wenn es wieder hell wird. Und während die Hirten und die Könige aus den Kulissen kommen, könnten sie schon jubilieren. Also ich fände das voll in Ordnung.«

Das wurde geprobt – und klappte. Aber das Flügelpumpen verbat sich Chris Löwenfeld.

Als die Probe zu Ende war, waren wir alle aufgekratzt wie nur was. Yasin fragte mich: »Mirja, hast du Lust, mit mir über den Weihnachtsmarkt zu gehen?«

Ich nickte. »Klar. Gerne. Kommt dein Bruder auch mit?«

»Auf keinen Fall«, antwortete er entsetzt. »Oder brauchen wir etwa einen Babysitter?«

Ich freute mich so, dass ich nur den Kopf schüttelte. Wir alle standen noch auf der Bühne. Die Leute von der Kunst-AG trugen die Kulissen weg, Löwenfeld erinnerte uns daran, dass am Montag pünktlich um 14 Uhr die nächste Probe stattfinden würde und wir jetzt schleunigst den Saal zu räumen hätten. Ein paar sprangen von der Bühne, ein paar gingen das Treppchen runter. »Ich geb Murat noch kurz Bescheid«, sagte Yasin, ich nickte, trat an den Rand der Bühne, sprang – und landete nicht nur auf allen vieren, ich knallte auch mit dem Kopf aufs Parkett.

Im Nu standen Yasin, Murat, Karl und noch ein paar Leute um mich herum, streckten die Arme aus und zogen mich hoch. »Wie konnte das passieren?«, wollte Löwenfeld wissen.

Gute Frage. Ich hatte keine Ahnung, wie es zu dem Sturz gekommen war, schließlich betrug der Abstand von der Bühne bis zum Fußboden nur ein paar Zentimeter. Und sooo unsportlich war ich nun wirklich nicht, dass ich nicht hätte ein bisschen hüpfen können. Ich rieb mir den Kopf. Verdammt, das gab bestimmt eine fette Beule!

Plötzlich deutete einer der Hirten auf den Stock, der am Boden lag. »Der hat den komischen Knubbel am Griff. Pit, das ist dein Stock.«

»Falsch. Er gehört meinem Großvater; er hat ihn mir nur geborgt.«

»Okay, aber du hast ihn in der Hand gehabt, stimmt's?«

»Ja. Schon. Allerdings hab ich geholfen, die Stallkulisse rauszutragen. Der Stock… also den Stock hab ich da…«, er deutete auf die Bühne, »in die Ecke gestellt, weil er mir im Weg war.«

»Dann sag mir, weshalb er jetzt auf dem Parkett liegt. Können Stöcke fliegen?«

Da schaltete sich Löwenfeld ein. »Wer hatte den Stock zuletzt in der Hand?«

Natürlich meldete sich niemand.

»Leute, das ist eine ernste Sache. Keiner verlässt den Saal, bevor das nicht geklärt ist.« Löwenfeld wartete. »Gut, wenn ihr meint…? Ich hab jede Menge Zeit. Wenn's sein muss, bis zum Morgen.« Er holte sich einen Stuhl, setzte sich und gähnte.

»Das geht nicht!«, riefen Amanda und Mareike, Lillis allerbeste Freundinnen. »Was ist mit unseren Eltern?«

»Oh, die werden natürlich benachrichtigt.« Löwenfeld streckte die Beine aus und schloss die Augen.

Ich sah auf die Uhr. Es war zwanzig nach sechs, und der Weihnachtsmarkt war Schnee von gestern. Yasin stellte sich neben mich. Wir warteten.

14. Dezember

Mit dem Weihnachtsmarkt wurde es nichts mehr. Am Freitagabend erwischte ich gerade noch den letzten Bus, und als ich ins Haus platzte, kamen mir meine Mutter und Leonie schon entgegen. »Wo warst du? Wo hast du dich herumgetrieben? Wir haben uns Sorgen gemacht …!« Ich konnte die Aufregung verstehen; ich war ja selbst noch ganz aufgeregt, denn nachdem wir eine geschlagen Stunde gewartet und kapiert hatten, dass es Löwenfeld mit seiner Drohung – *wenn's sein muss, warte ich bis zum Morgen*! – ernst meinte, murrten wir zuerst, aber dann fingen die Großen an, jeden zu fragen: »Wo bist du gestanden, als Mirja aufs Parkett knallte?«

Schließlich fiel es einem kleinen Hirten ein, dass er Amanda gesehen hatte. »Die stand aber schon unten. Also nicht mehr oben, auf der Bühne. Aber sie hatte einen Stock in der Hand. Bloß …« Er runzelte die Stirn. »Ich hab nicht gesehen, ob es gerade dieser Stock mit dem Knubbel war.«

Dann begann die Fragerei von Neuem. »Wer von euch hatte einen Stock?«

Yasin, der Wirt, hielt den seinen hoch. »Ich hab ihn nicht aus der Hand gegeben!«

Nur die Hirten hatten Stöcke, doch alle, außer Murat natürlich, der beim Kulissenwegtragen geholfen hatte, schworen, sie hätten die Stöcke nicht weggelegt oder weggegeben. Damit war klar, dass Amanda die Einzige war, die mit einem Stock Unfug hatte anstellen können.

Freitag, der 13. – ich sag's ja!

Die großen Jungs und Löwenfeld bohrten so lange, bis Amanda zugab, dass sie *»aber nur vielleicht! Und wenn, dann echt aus Versehen!«* den Stock so unglücklich gehalten hatte, dass ich beim Springen *»irgendwie darüber stolperte. Keine Ahnung, wie das passieren konnte, ehrlich!«*

Fast hätte ich ihr geglaubt, wenn ich nicht gerade in diesem Augenblick Lillis Gesicht gesehen hätte. Ihr Lächeln war so boshaft, dass mir ganz kalt wurde. Mann, wie weit würde sie denn noch gehen, um die Maria-Rolle zu bekommen?

Als wir endlich gehen durften, zupfte ich Yasin am Ärmel. »Hast du noch eine Sekunde Zeit?«

»Klar doch. Warum?«

»Sag ich dir gleich.« Am Morgen hatte der Wetterbericht Schnee versprochen; während der Probe musste es zu schneien begonnen haben; der Schulhof war schon ganz weiß, und im Nu sahen wir aus wie zwei Schneemänner. Während ich vorausging, sagte ich mir: Mirja, du warst mal schüchtern. Aber das ist jetzt vorbei; jetzt musst du kämpfen, und dazu brauchst du einen Verbündeten. Klar?

Als wir die dunkelste Ecke erreicht hatten, platzte ich, bevor mich der Mut verließ, heraus: »Das mit dem Stock war kein Zufall. Das war Absicht.«

Ich war darauf gefasst, eine lange Erklärung abgeben zu müssen, doch Yasin antwortete cool und sachlich: »Ich weiß.«

Das brachte mich aus dem Konzept. »W...wieso? Warum weißt du das?«

»Weil ich Augen im Kopf habe.«

»Du hast gesehen, wie Amanda ... ?«

»Ich hab gehört, wie Lilli zu Amanda und Mareike sagte: ›Also passt einen günstigen Augenblick ab.‹«

Da wusste ich, dass etwas passieren würde. Nur was und wann – davon hatte ich natürlich keinen Schimmer.«

»Und vom WARUM auch nicht.«

Yasin lachte leise. »Stimmt nicht. Es sieht doch ein Blinder, dass Lilli die Maria immer noch spielen will. Und weil Löwenfeld sagt ...«

»... nur wenn ich infolge Krankheit oder Umzug ausfalle, hätte sie eine Chance ...«

»... hilft sie eben nach. Oder eine ihrer Freundinnen.«

Ein eisiger Wind pfiff über den Hof und wehte uns Schnee in die Augen. Ich zog die Schultern hoch. »Das war heute das zweite Mal. Ich habe aufgepasst, wirklich. Weil – heute ist ja auch Freitag, der 13. Und trotzdem bin ich auf dem Boden gelandet. Weißt du was, Yasin? Die machen garantiert so lange weiter, bis ich wirklich ausfalle.«

»Bis zum letzten Augenblick werden sie es versuchen«, antwortete er. »Also hüte dich vor Stolperfallen oder Wassereimern, die über dir ausgeleert werden.«

»Das ist nicht witzig«, jammerte ich.

»Ne. Gemeinheiten sind nie witzig, vor allem, weil ein boshafter Mensch so komisch tickt. Du musst ...« Er beendete den Satz nicht.

»Ja? Was muss ich tun?«

»Ich weiß es nicht. Aber aufpassen werde ich auf dich«, setzte er leise hinzu. »Und den drei Hexen werde ich einen Strich durch ihre gemeine Rechnung machen. Mir wird schon was einfallen. Hundertpro.«

»Meinst du? Hoffentlich ist es dann nicht zu spät.«

»Wir dürfen sie nicht aus den Augen lassen.« Er trat von einem Bein aufs andere. »Es ist verdammt kalt.«

»Stimmt. Und die drei Hexen sind verdammt einfallsreich«, sagte ich niedergeschlagen.

»Mensch, Mirja…« Plötzlich legte er seine Hände auf meine Schultern und zog mich an sich. »Ich passe bestimmt auf dich auf«, flüsterte er. Sein Gesicht war ganz nah. Kam noch näher…

»Muss Liebe schön sein!« Jemand lachte. »Passt auf, dass ihr nicht festfriert.«

Wir fuhren auseinander. »Murat, du Blödmann«, schimpfte Yasin. »Ich hab dir doch gesagt, du sollst nach Hause gehen.«

»War schon auf dem Weg. Da ist mir eingefallen, dass du den Schlüssel in der Tasche hast. Gibst du ihn mir? Oder kommst du gleich mit?«

Eigentlich musste ich Murat dankbar sein, denn hätte er uns nicht im Schulhof aufgespürt, hätte ich den letzten Bus verpasst. Vor Kälte zitternd sprang ich gerade noch hinein und schwankte während der Fahrt zwischen Bedauern und Erleichterung: weil ich den Bus zwar erwischt, aber meinen allerersten Yasin-Kuss verpasst hatte.

Aber eines wusste ich jetzt sicher: Yasin hatte sich in mich verliebt. Er passt auf mich auf, und beinahe hätte er mich geküsst. Das war allerhand. Das war so genial, so überwältigend und aufregend, dass ich auf die drei Hexen pfiff. Oder doch beinahe.

Meine Ma und Leonie mussten mir etwas angesehen haben, denn sie fragten so ungefähr hundert Mal, ob denn alles in Ordnung und mir auch wirklich nichts passiert sei.

Mann oh Mann. Direkt passiert war ja nichts, und doch – der Fast-allererste-Yasin-Kuss-meines-Lebens war ein Supergau, der so ziemlich alles verändert hatte. Jedenfalls fühlte ich mich nicht mehr als unscheinbares Mauerblümchen, das in einer finsteren Ecke vor sich hin welkte. Ausgerechnet Yasin, der Junge, den alle bewunderten, weil er immer die tollsten Ideen hatte, Yasin, demgegenüber Jonas keinen Fuß auf den Boden brachte, Yasin, der auf der Rolle des Wirts bestanden und sie bekommen hatte – ausgerechnet der hatte mich fast geküsst. Das war allerhand. Das musste ich erst mal verdauen.

In der Küche schnitt Leonie Zitronat und Orangeat klein, meine Mutter rührte den Teig für den Stollen zusammen, und beide wollten, dass ich mich um die Rosinen kümmere. Aber dafür hatte ich echt keinen Kopf. Ich legte mich auf die Bank am Kachelofen und träumte.

Draußen schneite es, auf dem Tisch brannte eine rote Kerze, ich hörte meine Ma und Leonie in der Küche, ich fühlte noch immer Yasins Hände auf meinen Schultern und seinen Atem in meinem Gesicht und war glücklich. Einfach nur glücklich.

Das dauerte, bis Leonie wieder zu mir in mein Bett schlüpfte. »Ich glaube«, flüsterte sie, »dass unser schöner Plan nichts bringt. Pa wird nicht wieder zu uns zurückkommen, Mirja.«

»Warum denn nicht?«

»Ich hab wieder die blöde Yvonne ausspioniert. Und weißt du was? Sie hat wieder Babyzeug eingekauft. Jäckchen und Höschen und so. Das kann doch nur heißen, dass sie schwanger ist, oder?«

»Himmel aber auch!« Ich setzte mich auf.

»Pst!« Leonie zog mich wieder neben sich. »Wenn sie ein Kind bekommt, bleibt Paps bei ihr. Glaubst du das nicht auch?«

»WENN sie schwanger ist. Aber bist du dir sicher, dass sie es auch ist?«

»Warum sonst kauft sie Babyzeug?«

Ja warum? »Vielleicht hat sie eine schwangere Freundin, der sie die Sachen zu Weihnachten schenken will. Könnte doch sein, oder?«

»Klar. Aber sie hat nicht nur *ein* Höschen und *ein* Jäckchen gekauft.« Leonies Stimme zitterte. »Jetzt ist alles aus, Mirja!«

»Hat die Yvonne keine Freundin? Ich meine, du bist ihr doch schon so oft gefolgt; hat sie sich immer nur mit einem Mann getroffen?«

»Immer mit demselben.«

»Das ist nicht normal. Jedes Mädchen und jede Frau hat eine Freundin.«

»Stimmt nicht. Du hast auch keine, Mirja.«

»Frieda ist weggezogen«, widersprach ich. »Seit der Kindergartenzeit war sie meine allerbeste Freundin. Was kann ich dafür, dass sie mit ihren Eltern nach Berlin gezogen ist? Und wir in unserem Dorf leben? Dass es so umständlich ist, mich mit den Mädchen aus meiner Klasse zu treffen? Immer muss ich planen, muss mich nach dem Bus richten – nie kann ich einfach sagen: ›Okay, wir sehen uns in zehn Minuten bei Starbucks?‹ Es ist schrecklich, keine richtige Freundin in der Nähe zu haben – eine Fernbeziehung bringt´s nämlich überhaupt nicht«, jammerte ich und dachte an die drei Hexen. »Ich habe nur Feindinnen. Kannst du dir vorstellen, wie einsam ich mich fühle?«

»Ich hab kein Mitleid mit dir. Tu einfach was dagegen«, entgegnete meine kleine Schwester. »Das kann doch nicht so schwer sein. Vor allem jetzt, wo du der Star des Musicals bist, solltest du ein Überangebot an Freundinnen haben. Mach die Augen auf, Mirja!«

Ich stutzte. So hatte ich die Sache noch nie gesehen. Konnte es sein, dass ich, was Freundinnen betraf, blind durch die Gegend stolperte? War ich wieder mal zu schüchtern? Dass Yasin sich in mich verliebt hatte, hatte ich ja auch nicht geglaubt ...

»Mensch, Mirja! So glamourös wie die Lilli siehst du zwar nicht aus, aber ein hässliches Entchen bist du auch nicht.« Leonie schniefte. »Hast du ein Taschentuch für mich?«

»Später.«

»Ich brauche es JETZT!«

Ich knipste das Licht an und kramte ein Taschentuch aus der Schublade. »Die Babysachen müssen überhaupt nichts bedeuten, schließlich steht Weihnachten vor der Tür«, sagte ich dann so energisch wie nur was. »Wir ...«

»Weihnachten!« Leonie schnäuzte sich. »Eben darum mache ich mir ja solche Sorgen. Was ist, wenn das Baby Yvonnes Weihnachtsüberraschung für unseren Paps ist?«

Mann oh Mann. Der Gedanke machte mir Angst.

»Wenn, wenn ... Wir brauchen Gewissheit, Leonie.«

»Wie denn?«

Minutenlang lagen wir nebeneinander und grübelten.

»Weißt du was?«, flüsterte ich schließlich. »Ich frage Paps einfach. Oder noch besser. Ich sag: Lieber Paps, ich hab eine tolle Weihnachtsüberraschung für dich. Wir, mein Freund und ich, bekommen ein Kind. Du wirst Opa, Paps! Freust du dich?«

Leonie kicherte. »Das wirst du nie und nimmer zu Paps sagen, wetten? Dazu bist du viel zu feige, Mirja.«

»Wetten, dass doch?«

»Und dann?«

»Dann wird er entweder sagen: Yvonne und ich bekommen auch eines. Oder er wird total ausflippen.«

»Klar.« Sie dachte nach. »Sag mal, Mirja, hast du eigentlich einen Freund?«

15. Dezember

Ich hatte meiner kleinen Schwester ins Ohr geflüstert: »Seit heute habe ich einen Freund.«

»Ne! Echt? Wie heißt er?«

»Yasin«, hatte ich verträumt geantwortet. »Er ist einfach toll. Und so süß…«

»Komm schon, Mirja! Ich glaub dir kein Wort!«

»Wirst schon sehen, Leonie…«

»Wer ist es? Wie heißt er? Kenne ich ihn?«

»Yasin heißt er.«

»Ups!« Leonie richtete sich auf. »Ist das DER Yasin? Der, der die Rolle spielt, die im Script eigentlich nicht vorkommt? Die ganze Schule spricht von ihm.«

»Genau der«, wisperte ich und zog sie wieder neben mich.

»Mann oh Mann… Was hast du getan, Mirja?«

»Was denn?«

»Na, dass er sich in dich verliebt?«

»Das ist es ja, was ich selbst nicht kapiere… Ich hab gar nichts getan.«

»Dann ist's ein Wunder«, flüsterte meine kleine Schwester. »Aber wenn sich zwei verlieben ist das ja auch so etwas wie ein Wunder. Meinst du nicht auch, Mirja?«

Ich lächelte in die Dunkelheit hinein. »Für mich ist es ein Wunder«, antwortete ich.

Samstagfrüh besorgte unsere Mutter Tannenreisig, einen riesigen Mistelzweig und rote Kerzen, weil wir endlich das Haus weihnachtlich schmücken und danach Plätzchen backen wollten. Wir legten uns richtig ins Zeug, und so hing noch vor dem Mittagessen eine Girlande über der Haustür, von der Dielendecke baumelte der Mistelzweig, und die Stube sah mit den vielen roten Kerzen und den Strohsternen, die unsere Oma mal gebastelt hatte und jetzt an den Fenstern klebten, sehr festlich aus.

Zum Mittagessen gab es am Samstag nur Tomatensuppe mit Nudeln und Gemüse, und gerade, als unsere Mutter den letzten Tropfen aus dem Topf löffelte, klingelte es.

Wie immer rannte Leonie sofort in die Diele, und ich fragte meine Mutter: »Ist das dein Lover, der Fritz Geier?«

Sie schaute auf die Uhr. »Er wollte erst später kommen.«

Dann hörten wir Leonies Stimme. »Wer bist du? Und was willst du?«

Mein Herz schlug Purzelbäume. »Ich bin Yasin. Ich möchte Mirja abholen.«

Da rannte ich auch zur Tür und hörte, wie meine Schwester fragte: »Oh. Bist du wirklich Mirjas Freund?«

Kleine Schwestern sind das Letzte!

Aber Yasin sagte cool: »Richtig geraten, Baby!«

»Ich bin kein Baby«, protestierte Leonie sofort.

Der Wind wirbelte Schnee in die Diele; meine Mutter rief: »Macht die Tür zu und kommt rein!«

Das wollte Yasin aber nicht. »Mirja, wir bummeln über den Weihnachtsmarkt. Weil ...« er wischte den Schnee vom Gesicht, »es gestern ja nicht mehr reichte.«

»Darf ich mitkommen?«, rief Leonie sofort.

»Spinnst du?«, fuhr ich sie an. »Nein, du kommst auf keinen Fall mit.«

»Weihnachtsmärkte sind nichts für Babys«, erklärte auch Yasin.

Leonie tippte sich an die Stirn. »Ihr seid blöd!«

In null Komma nichts hatte ich mich angezogen: Anorak, Schal, Mütze, Boots. Und Handschuhe natürlich. Meine Mutter steckte mir noch ein paar Euros in die Tasche und ermahnte mich, spätestens um sechs zurück zu sein.

Ich war so durcheinander, dass ich alles versprochen hätte! Mann oh Mann – mein erster Nachmittag mit Yasin... Als wir durch den knöchelhohen Schnee zur Bushaltestelle stiefelten, fasste er sogar nach meiner Hand!

Wir stiegen in den Bus, und gerade, als der Fahrer Gas geben wollte, kam noch jemand angerannt: Jonas.

Sofort legte Yasin den Arm um meine Schultern. »Hi, Jonas! Auch unterwegs?«, fragte er so richtig von oben herab.

Jonas stutzte. Dann, als er uns erkannte, bekam er eine knallrote Birne. »Wie ...? Ach, ihr seid es!«

»Bist du auf dem Weg zu deiner Lilli?«, erkundigte sich Yasin weiter.

Jonas' Gesicht wurde noch einen Tick röter. Er schluckte schwer,

sein Adamsapfel hüpfte – und dann ging der Feigling einfach weiter nach hinten. Yasin und ich sahen uns an und grinsten.

Das Tolle kam aber erst, als wir ausstiegen: An der Bushaltestelle wartete nämlich ein dick vermummtes Mädchen – Lilli. Wir gingen an ihr vorbei, aber an der ersten Bude blieb Yasin stehen, formte einen Schneeball, zielte – und traf Lilli am Po. Natürlich rannten wir so schnell hinter die Bude, dass sie uns nicht sehen konnten. Aber bestimmt vermutete sie, dass der Ball von Yasin gekommen war.

Jedenfalls – der Samstag vor dem 3. Advent war der schönste Tag meines Lebens. Zuerst bummelten wir durch die Budengassen, dann kaufte Yasin eine Tüte heiße Maroni, deren Schalen wir abpulten und sie uns gegenseitig in den Mund schoben. Ich hätte nie gedacht, nicht mal im Traum habe ich mir ausgemalt, dass ich, Mirja, das schüchterne Mauerblümchen, einen so tollen Nachmittag erleben würde. Ich doch nicht! Und als Yasin dann auch vor einen Bude mit Lebkuchenherzen stehen blieb und sagte: »Mach die Augen zu, Mirja!«, und ich, atemlos vor Spannung, nicht mal durch die Finger blinzelte, bis er sagte: »Jetzt kannst du gucken!« – also, da war ich so glücklich wie noch nie. Auf dem Herz stand nämlich in weißer Zuckerschrift *Mein Liebling.*

Er hängte mir das Herz um den Hals und küsste mich. Leider rempelten uns die Passanten an, sodass wir ziemlich schnell weitergingen. Weil es noch immer schneite und ich nicht wollte, dass das Zellophan durch die Nässe schrumpfte und Yasins Herz weich wurde, steckte ich es in meinen Anorak.

Das war gut so, denn vor der nächsten Bude standen Lilli und Jonas. Na, wenn die wüssten, was ich unterm Anorak trug …

Für Yasin kaufte ich an der Bude einer dick eingemummten Frau ein ganz süßes Schutzengelchen, das man ums Handgelenk binden oder um den Hals hängen konnte – Yasin hängte es sich um den Hals. »Jetzt kann uns nichts mehr passieren«, sagte er. UNS! Er hatte uns gesagt!

Ich schwebte noch auf meiner Glückswolke, als ich wieder nach Hause kam. Und weil ich mich echt stark fühlte, packte ich den Stier gleich bei den Hörnern: mein Vater saß im Wohnzimmer, trank Tee und aß Plätzchen, die Leonie und meine Mutter gebacken hatten.

»Oh! Du schon wieder?«, rief ich aus. »Sag mal, Paps, bekommt ihr ein Kind?«

Weil er mich anstarrte, als sei ich ein Alien, schob ich nach: »Du und deine Yvonne?«

Er verschluckte sich so sehr, dass wir ihm zu dritt auf den Rücken klopfen mussten. »Wie kommst du denn darauf?«, japste er, rot im Gesicht.

»Na, weil deine Yvonne Babysachen kauft.«

Meine Mutter sank auf die Bank am Kachelofen. »Stimmt das?«

»Es stimmt«, bestätigte Leonie. Sie hatte Tränen in den Augen. »Paps, wie kannst du uns das antun? Wir haben gehofft, du würdest zu uns zurückkommen. Damit wir wieder eine richtige Familie sind, weißt du. Aber wenn du jetzt eine neue Familie hast, ist das natürlich …« Jetzt heulte sie.

»Yvonne ist NICHT schwanger!«, rief unser Paps.

Unsere Mutter zog die Beine hoch. »Bist du dir sicher?«

Unser Vater sprang auf und stürmte in die Diele. Dann fiel die Haustür ins Schloss, wir hörten, wie sein Wagen ansprang, und dann war er weg.

»Tja«, sagte ich. »das war's dann wohl.«

Ma tröstete Leonie, und ich ging in die Küche, in der es einfach verheerend aussah – überall standen und lagen schmutzige Schüsseln, Schneebesen und Rührlöffel, offene Puderzucker-, Mandeln-, Orangeade- und Zitronattüten und sonst noch allerlei stand herum, und die Plätzchen, die im Ofen waren, waren nur noch Kohle; Ma und Leonie hatten total vergessen, dass noch ein Blech im Ofen war. Dementsprechend stank es. Ich öffnete das Fenster.

Und genau in diesem Augenblick hielt Fritz Geier vorm Haus

Ich sauste ins Wohnzimmer. »Ma, dein Lover kommt! Bist du zu Hause?«

Sie stöhnte. »Auch das noch! Mirja, es tut mir leid – sag ihm, ich würde Geschenke besorgen und wäre noch unterwegs. Bitte! Schick ihn weg!«

Unsere Mutter ist die Ehrlichkeit in Person; wenn sie sich jetzt verleugnen ließ, war die Kacke wirklich am Dampfen.

»Mach ich!«

Mit einem riesigen Strauß roter Rosen – das im tiefsten Winter! –

stand der Geier vor der Tür. Zuerst glaubte er mir nicht, dann wollte er in der Stube warten, dann schnupperte er und fragte: »Ist was passiert? Hat's bei euch gebrannt, Mirja?«

Ich war gezwungen, ihm noch eine Lüge aufzutischen. »Wir haben Plätzchen gebacken. Die sind uns leider verbrannt.«

»Wir? Du, Leonie und eure Mutter?«

»Leonie und ich.«

Und dann sagte der Kerl etwas, das mich wahnsinnig sauer machte. Er sagte nämlich: »Dass ihr Kids sogar zu blöd zum Plätzchenbacken seid, glaube ich sofort.«

Damit drehte er sich um und stiefelte zu seinem Auto zurück. Samt Rosen selbstverständlich. Ich schaute ihm nach und hatte eine wahnsinnige Wut auf Yvonne, die sich unseren Vater gekrallt hatte. Weil Paps niemals etwas so Fieses gesagt hätte – nicht mal, wenn wir das Haus in Brand gesteckt hätten!

Ich schloss die Haustür, lehnte mich mit dem Rücken dagegen und dachte, dass der Dezember nur aus Unglückstagen bestand. Mit einer Ausnahme: den Stunden mit Yasin. Mein neuer Freund war der einzige Lichtblick in diesem voll bescheuerten Monat.

Später räumten wir, Ma, Leonie und ich, die Küche auf. Dann kochten wir eine Kanne Tee und aßen Brezeln mit Butter, Plätzchen und alles, was vom Stollen noch übrig geblieben war. Danach fühlten wir uns besser.

Ich zeigte das Herz, das Yasin mir geschenkt hatte, und bei seinem Anblick bekam unsere Ma wässrige Augen. »So eines bekam ich auch mal geschenkt. Von …« Sie hob den Kopf. »Es hat schon wieder geklingelt. Wer will denn jetzt noch zu uns? Wer es auch sein mag – ich bin nicht zu Hause. Für niemand!«

Wie immer rannte Leonie sofort zur Tür.

»Du schon wieder? Nein, wir sind nicht zu sprechen. Für niemand! Auch nicht für dich, Paps!«

Aber er musste Leonie über den Haufen gerannt haben, denn schon stand er in der Stube. »Hallo, ich bin's noch einmal. Also das mit dem Baby ist ein komplettes Missverständnis. Die Jäckchen und Höschen sind für die Frau von Yvonnes Bruder! Die beiden bekommen ein Kind!«

Ich nahm die Antwort ziemlich gelassen hin. Aber meine kleine

Schwester Leonie hing natürlich gleich an Paps Hals. »Dann kommst du zu uns zurück, Pa! Sag Ja!«

Unsere Mutter sagte gar nichts. Aber dass sie über die Nachricht nicht unglücklich war, sah ein Blinder. Trotzdem holte sie ihr Handy aus der Jeanstasche und rief den blöden Fritz Geier an. »Ich bin wieder zu Hause«, flötete sie so laut, dass unser Pa jedes Wort mitbekommen musste. »Du kannst mich jetzt gerne zum Essen abholen, wenn du Lust dazu hast.« … »Gut, in einer Viertelstunde. Bis dann, Fritz!«

Unser Vater machte eine total finstere Miene und verabschiedete sich.

Leonie sagte: »Musste das sein, Ma?«

»Oh ja«, antwortete unsere Mutter und warf den Kopf zurück. »Unbedingt.«

Ich sag nur: ERWACHSENE!

16. Dezember

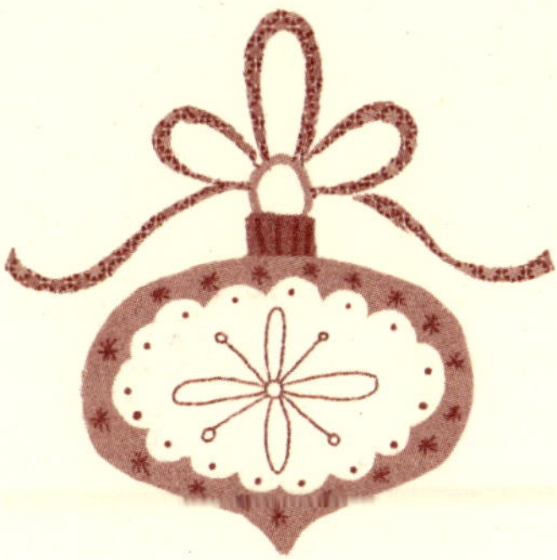

Natürlich hatten Leonie und ich den Samstagabend ohne unsere Ma ausgenützt: Wir machten es uns mit Chips und Cola vor dem Fernseher gemütlich. Leider hatten wir keine neue DVD ausgeliehen, deshalb sahen wir uns einen alten Film an, der uns aber nicht so richtig fesselte. Leonie jammerte immer wieder: »Warum musste Ma unbedingt den blöden Fritz Geier anrufen? Kapierst du das?«

»Sie wollte Paps eifersüchtig machen«, erklärte ich dann. Bis gegen Mitternacht hatte ich das mindestens hundert Mal gesagt, dann kam Ma endlich heim. Mit einer total miesen Laune. »Noch nicht im Bett?«, schimpfte sie sofort.

»Wir haben uns Sorgen um dich gemacht«, jammerte Leonie.

»Das war nicht nötig«, antwortete sie, aber wir erkannten glasklar: Wir mussten uns um sie sorgen. Irgendwas war an dem Abend nicht so gelaufen, wie sie es sich wünschte.

Als ich am Sonntagmorgen aufgewacht war, war mein erster Gedanke: YASIN!

Yasin, seine Küsse und das Lebkuchenherz. Mann, war ich glücklich! Ich war so glücklich, dass ich nicht mehr einschlafen konnte, obwohl es noch nicht richtig hell und überhaupt nicht nötig war, an einem Sonntagmorgen so wahnsinnig früh aufzustehen. Obwohl Leonie in ihrem Bett noch tief schlummerte und es so schneite, dass ich den alten Apfelbaum in unserem Gärtchen nur erahnen konnte, hielt es mich nicht mehr im Bett. Um niemanden aufzuwecken schlich ich leise ins Bad, starrte in den Spiegel und war plötzlich total unzufrieden mit dem, was ich da sah: Ich war hässlich! Meine Haare ähnelten überhaupt nicht den glänzenden Mähnen in der Werbung. Meine Augen waren zu klein, meine Nase zu groß, und der Mund war sowieso das Allerletzte. Meine Haut ging so, aber mein Busen … also mein Busen war wachstumsmäßig gesehen ein Kümmerling. Wie konnte sich ein so toller Kerl wie Yasin in eine grässliche Vogelscheuche verlieben? Ich meine: VERLIEBEN?

Im Flur hing ein großer Spiegel. In dem betrachtete ich meinen Po. Oh Gott! Der war von einem angesagten Knackpo Lichtjahre entfernt! Nur meine Beine waren einigermaßen okay; die waren weder o- noch x-förmig, aber ein Stückchen länger hätten sie schon sein dürfen. Außerdem waren sie zu dünn. Die ganze Mirja war zu dünn. Und zu klein. Mann, ich war ja fast ein Zwerg, ein Pygmäe!

Je länger ich mich in dem einen und dem anderen Spiegel betrachtete, desto niedergeschlagener wurde ich. Entweder musste ich mir Geld verdienen, um meine Nase und die Augen korrigieren zu lassen – ein Wunsch, der garantiert teuer war und bei meiner Mutter eine ausgewachsene Krise auslösen würde – oder ich musste mir eingestehen, dass Yasin sich getäuscht hatte und mir heute oder morgen oder doch ziemlich bald eröffnen würde, er hätte sich entliebt.

Ich kämpfte mit den Tränen und schrak zusammen, als meine kleine Schwester aus unserem Zimmerchen wankte. »Was machst'n da vorm Spiegel, Mirja?«

»Ich bin hässlich, Leonie!«, schluchzte ich auf. »Potthässlich! Ich mag mich ja selber nicht angucken, so furchtbar sehe ich aus! Was mache ich nur?«

»Frühstück«, entgegnete Leonie prompt. »Erst mal machst du Frühstück für alle, wo du schon mal wach bist. Dann«, sagte sie genau wie unsere Mutter, »dann sehen wir weiter, Okay?«

Weil vorm Spiegel zu heulen nichts brachte, ging ich runter, zündete am Adventskranz drei Kerzen an, kochte Kakao und Kaffee, haute sechs Eier in die Pfanne, presste Orangen aus, und hatte in null Komma nichts ein einwandfreies Frühstück produziert. So nach dem Motto: Aschenputtel werkelt in der Küche, während sich das schöne Mädchen den Märchenprinz angelt.

Ich tat mir echt leid und nahm mir vor, meine Ma noch heute von meinem Plan einer Schönheits-OP zu informieren: je rascher ich die hinter mich brachte, desto eher war ich schön.

Nur, dass Yasin dann längst eine andere hatte …

Wir, unsere Ma, Leonie und ich, saßen in unseren Nachthemden am Tisch, und wie immer passte ich auf, dass sich keine eklige Haut auf dem Kakao bildete, als Leonie sagte: »Guckt nur, wie es schneit! Voll der Wahnsinn! Wer geht nachher raus und schippt den Schnee weg? Machst du das, Mirja?«

»Ihr beide macht das«, sagte unsere Ma bestimmt und hob den Kopf. »Habt ihr das auch gehört? Es hat geklingelt! Um zehn Uhr am Sonntagmorgen!«, rief sie. »Wir machen nicht auf. Bleib hier,

Leonie!« Trotzdem sauste meine kleine Schwester – sie ist neugierig wie nur was – zur Haustür. Wir hörten noch, wie sie sie öffnete… dann war Stille.

Ma und ich wurden ganz unruhig, und gerade, als wir nachsehen wollten, kam Leonie zurück. »Guckt mal«, sagte sie, »das Päckchen hing am Haken über der Tür. Da, wo auch der Kranz hängt. Ob das wohl ein Wichtelgeschenk ist?«

Sie legte ein kleines, in buntes Weihnachtspapier gewickeltes Päckchen auf den Tisch. »Für wen das wohl ist?«, fragte sie.

»Hübsches Papier«, lobte unsere Ma. »Mach's auf, Leonie, dann wirst du schon wissen, für wen es gedacht ist.«

Leonie blinzelte mir zu. »Das ist für Mirja, wetten? Mirja, das hat dir bestimmt dein Freund, der Yasin, an den Haken gehängt.«

Obwohl ich ja wegen meines Aussehens so down gewesen war, fühlte ich mich auf einmal wieder glücklich. »Könnte sein«, antwortete ich vorsichtig, weil ich meinem Glück nicht traute. Ich beugte mich übern Tisch und sah zu, wie Leonie das rote Band aufknüpfte und das Papier zurückschlug.

Und dann – dann ging für mich die Welt unter.

Weil… weil… weil da das Schutzengelchen lag. Das, das ich Yasin auf dem Weihnachtsmarkt gekauft und geschenkt hatte. Ich schloss die Augen.

»Für wen ist der Engel? Und warum ist er kaputt?«, fragte Leonie.

»Was für eine Schande! Er ist mit Absicht in zwei Teile gebrochen worden«, sagte meine Ma. Ich hörte ihre Stimme wie aus weiter Ferne. »Was hat das zu bedeuten, Mirja? Der Engel ist doch für dich, oder?«

Es ist ein Schock, wenn für einen die Welt untergeht. Man erlebt Augenblicke, in denen weiß man nicht, wo oben und unten ist. Man kann nicht mehr denken, nichts fühlen, man hört kaum etwas, man ist in einem Strudel, der einen total von da wegspült, wo man sich gerade aufhält. Es ist, als wäre der Körper an einer Stelle, aber das Herz und das Denken ganz woanders. Deshalb dauerte es eine lange Zeit, bis ich wieder wusste, wo ich war. Nämlich am Tisch in unserer warmen Stube, wo noch niemand das Geschirr abgeräumt hatte.

»Ist dir nicht gut, Mirja?«, wollte meine Ma wissen. »Du bist so bleich geworden. Hier, trink einen Schluck Kaffee!«

Ich trank. Mein Blick fiel wieder auf die zwei Teile des Engelchens. »Den habe ich gestern Yasin geschenkt«, sagte ich und hörte selbst, wie komisch meine Stimme klang. »Und jetzt ... jetzt hat er ihn mir zurückgeschickt. Kaputt. Wisst ihr ...« Auf einmal konnte ich nur noch flüstern, »... was das bedeutet? Er liebt mich nicht mehr. Das bedeutet es.«

Da war's um meine Fassung komplett geschehen. Ich legte die Arme auf den Tisch und heulte, wie ich noch nie in meinem Leben geheult hatte.

Meine Mutter nahm mich in die Arme und streichelte meinen Rücken. Ich nahm das kaum wahr; ich presste mich an sie und ... na ja, jeder kann sich wohl denken, wie ich mich fühlte.

Als keine einzige Träne mehr in mir war, saßen Ma und ich noch immer am Tisch mit dem schmutzigen Geschirr und den Resten des Frühstücks. Nur meine kleine Schwester fehlte. »Wo ist Leonie?«

»Ich weiß es nicht. Ich dachte, sie würde Schnee schippen, aber ich höre nichts. Wollen wir mal nachschauen?«

Ich schüttelte den Kopf; ich war völlig fertig.

Also ging meine Ma nach draußen, kam zurück und sagte: »Komisch. Sie ist fort. Nur der Schnee ist da. Wollen wir ihn zusammen wegschippen? Die Bewegung wird dir guttun, Mirja.«

Mir war alles gleich; ob ich Schnee schippte oder auf dem Bett lag – alles war mir egal. Ein, zwei Tage war ich verliebt gewesen, hatte mich absolut glücklich und ... ja, sogar begehrenswert! – und wie auf einer Wolke schwebend gefühlt. Jetzt war ich abgestürzt. Kein Wunder, dass ich mich fürchterlich fühlte; so ein Sturz ist nämlich eine schlimme Sache. Danach tut einem alles weh; besonders aber die Stelle, wo sich das Herz befindet.

Klar, ich zog Anorak und Schuhe an, aber die Mütze und die Handschuhe vergaß ich, weil ich überhaupt nichts fühlte. Als wäre ich ein seelenloser Roboter nahm ich die Schippe in die Hand, trat vor die Tür, nahm gerade noch wahr, dass da ein paar Fußspuren von uns weg in Richtung Stall und Nachbargebäude führten, aber da das Ganze schon fast zugeschneit und ich sowieso völlig teilnahmslos war, fing ich an zu schippen.

Ich fühlte mich wie ein seelenloser Roboter, und wie ein solcher schippte ich auch. Ich räumte die Zufahrt und die Garage und den

ganzen Weg ums Haus herum frei. Ohne was zu denken, ohne mal 'ne Pause zu machen, ohne zu gucken, wie viel noch zu tun war. Und als ich das alles freigeschaufelt hatte, fing ich wieder von vorn an: Zufahrt zum Haus und zur Garage freischaufeln, dann den Weg ums Haus herum.

Ich hätte noch die Straße bis zur Bushaltestelle freigeräumt, wenn mich meine Ma nicht ins Haus gerufen und mich gezwungen hätte, meine Kleider zu wechseln – ich war patschnass.

Na ja, ich zog mich dann tatsächlich um, obwohl ich mir gerne eine Lungenentzündung mit Todesfolge zugezogen hätte; dann wäre nämlich mein Jammer wegen Yasins Treulosigkeit Schnee von gestern gewesen.

Mit einem Becher, den meine Ma mit heißem Tee samt Honig gefüllt hatte, in den Händen, wärmte ich mich auf der Bank am grünen Kachelofen auf. Meine Mutter war in der Küche und kochte das Mittagessen, Leonie war verschwunden, und der Radiosender brachte nur Weihnachtslieder. Weihnachtslieder! Unser Musical! Ich und die Maria – und zwei Ex-Lover, die mich versetzt hatten –, Lilli war ihre Sorgen los. Morgen, das nahm ich mir vor, würde ich mit einem dicken Schal um den Hals zur Schule wanken und krächzen: »Liebe Lilli, kannst die Maria spielen. Ich bin todkrank.«

Kurzfristig spielte ich mit dem Gedanken, Yasin anzurufen. Aber was hätte ich sagen sollen? Etwa: *Warum hast du den Engel, den ich dir schenkte, kaputt gemacht? Wäre nicht nötig gewesen. Eine kurze Mail ›Mirja, ich dachte, ich hätte mich in dich verliebt. Das war ein Irrtum.‹ hätte genügt.*

Ich stellte mir Yasins Gesicht vor und wusste: Feige war er nicht. Warum also hatte er den kaputten Engel an die Haustür gehängt?

Schon griff ich nach meinem Handy – im letzten Augenblick zuckte ich zurück. Nein. Ich würde ihn nicht anrufen. Ein Mädchen blamiert sich, wenn sie ihren Lover fragt, weshalb er genug von ihr hat. Das war mein erster Gedanke, der nächste: He, Mirja, wolltest du nicht mutig sein? Ruf ihn an!

Ich tippte auf seine Nummer – und drückte sofort die Aus-Taste: Zuerst musste ich mir überlegen, was ich sagen sollte.

Vielleicht: *Ich bin todunglücklich, Yasin. Warum bist du nicht mehr in mich verliebt?*

Ne, das klang zu jammermäßig.

Wie wäre es damit: *Nur damit das klar ist – ich war nie in dich verliebt, du Esel. Hättest es dir ersparen können, bei heftigem Schneetreiben zu mir ins Dorf zu gondeln und das Päckchen an die Haustür zu hängen.*

Schon wieder kamen mir die Tränen: Das ging überhaupt nicht, es wäre eine glatte Lüge gewesen. Und schlimmer noch – darüber hätte Yasin nur gelacht und gesagt: Was für eine doofe Tussi.´

Ich starrte auf mein Handy und überlegte weiter, was ich meinem zweiten Ex-Lover an den Kopf werfen könnte. Und plötzlich kam mir eine Idee!

Wie wäre es, wenn ich den Engel zusammenkleben, ihn wieder in ein hübsches Geschenkpapier wickeln und an Yasins Haustür hängen würde? Mit einem Zettel, auf den ich schreiben würde: *Zur Erinnerung an eine große Liebe.*

Das war´s.

Erleichtert lehnte ich meinen Kopf an den warmen Kachelofen: *Zur Erinnerung an eine große Liebe* – das klang nach großem Kino und ganz großen Gefühlen, aber nicht nach verletzter Eitelkeit. Die Botschaft würde Yasin beweisen, dass ich kein nachtragendes, klammerndes Biest war.

Schwerfällig tappte ich die Treppe hinauf, setzte mich an meinen kleinen Schreibtisch und schnitt aus roter Pappe ein Herz aus. Darauf schrieb ich mit goldenen Buchstaben: *Zur Erinnerung an eine große Liebe.*

Ich starrte auf die güldenen Buchstaben und spürte den schweren Stein in meiner Brust, der vor kurzem noch ein Herz voller Liebe war. Ich fühlte mich todkrank.

Eine halbe Stunde später war ich quicklebendig und hätte die Welt umarmen können.

17. Dezember

Am Montagmorgen saß ich neben meiner kleinen Schwester im Bus und hielt ihre Hand. Das hatte ich noch nie getan, schließlich hatte sie mich ja mit ihrer Neugier und mit ihrem Gejammer »Nimm mich mit, Mirja! Ich will auch dabei sein!« oft bis zum Wahnsinn genervt.

Ich wusste, dass sie mich immer nerven würde, aber an diesem Morgen machte mir das nichts aus. Ich hielt ihre Hand, weil sie mir das Leben gerettet hatte. Ehrlich!

Meine kleine Schwester, die Paps blöde Yvonne tausend Mal beschattet und diesbezüglich jede Menge Erfahrungen gesammelt hatte, hatte nämlich das Rätsel des zerbrochenen Engelchens gelöst.

Das kam so: Als Yasin mich am Samstagmittag abgeholt hatte, fand sie ihn auf den ersten Blick so toll, dass sie sich – fast! – in ihn verliebte. Aber neunjährige kleine Schwestern verlieben sich nicht RICHTIG, die schwärmen höchstens für einen Jungen.

Weil Yasin so ein toller Kerl war, schwärmte sie sofort für ihn und fand es unglaublich, dass er mir gleich am nächsten Tag ein Geschenk zurückgeben würde. Ein kaputt gemachtes Geschenk auch noch! Und dass er es feige an den Haken über der Tür hängen würde, fand sie überhaupt total unwahrscheinlich. »Weißt du, Mirja, das passte einfach nicht zusammen. Jonas hätte ich es zugetraut, aber nicht deinem Yasin.«

Na ja. Als ich am Hals meiner Mutter weinte und einfach nicht aufhören konnte, wurde ihr langweilig. Sie ging raus, sah sich den Haken über der Tür an, aber da war nichts Auffälliges zu sehen. Allerdings fand sie die frischen Spuren im Schnee auffällig und folgte ihnen. Und wo begannen und endeten sie? Direkt vor Jonas' Haus.

»Da machte es bei mir klick«, sagte sie später. »Ich hab von den Fußspuren ein paar Handyfotos gemacht, hab den kaputten Engel genommen, bin mit dem Bus in die Stadt gefahren, bin zu Yasin gegangen, hab ihm die zwei Teile des Engels gezeigt – und jetzt sind wir hier, wie ihr seht.«

»Woher wusstest du, wo Yasin wohnt?«, erkundigte sich unsere Mutter.

»Hab gestern gegoogelt.« Leonie grinste frech. »Ich musste doch wissen, mit wem meine Schwester übern Weihnachtsmarkt geht, oder?«

Da hatte Yasin gesagt: »Du bist so neugierig wie mein kleiner Bruder, der Murat. Ihr zwei passt zusammen. Und weißt du was, Leonie? Ich wette, der freche Kerl ist uns gefolgt und steht sich jetzt vor der Tür die Beine in den Bauch.«

»Und erfriert!«, hatte Leonie gerufen, war rausgestürzt – und tatsächlich mit einem zitternden Murat reingekommen. Ich konnte es kaum fassen; aber klar, dass Leonie zusammen mit Yasin zurückgekommen war, hatte ich ja auch kaum fassen können.

Yasin war nämlich zu Hause gewesen. Die Familie hatte noch am Frühstückstisch gesessen, als sie klingelte. Und weil meine kleine Schwester ihm sofort ihre Faust unter die Nase hielt und wissen wollte, ob er den Engel kaputt gemacht und zurückgeschickt hätte, kapierten er und die Leute seiner Familie erst mal gar nichts. Aber seine Mutter war sehr nett gewesen; Leonie musste Anorak und Mütze ausziehen und die Schuhe auch noch, was sie blöd fand, weil ihr linker Socken ein Loch hatte. Dann musste sie einen Tee trinken, der sehr süß war, und erst dann durfte sie sagen, weshalb sie da am Tisch saß. Noch während sie berichtete, knöpfte Yasin sein Hemd auf und holte das Lederband heraus, an dem mein Engel hing. Der war komplett und unversehrt.

»Yasins Familie war echt empört. Niemand konnte sich erklären, warum jemand ein süßes Engelchen aus Holz in zwei Teile brechen und über unsere Tür hängen würde. Bis Yasin einfiel …«

Leonie stockte. »Erzähl du weiter, Yasin.«

»Gestern, als wir durch die Budengassen gingen, haben wir Lilli und Jonas gesehen. Mehrmals haben wir sie sogar gesehen. Deshalb vermutete ich, dass sie uns gefolgt sind und beobachtet haben, wie du mir den Engel geschenkt hast. Okay. Als Leonie dann mit den zwei Teilen ankam, hab ich sie mir genau angesehen. Der kaputte Engel sieht meinem ziemlich ähnlich.«

Yasin zog das Lederband über den Kopf und legte seinen Engel neben den anderen. »Also vermute ich mal, dass Lilli und Jonas diesen Engel hier«, er zeigte auf den zerbrochenen, »gekauft und kaputt gemacht haben. Jonas, dein Nachbar, musste dann das ›Geschenk‹ aufhängen.«

»Aber weshalb denn?«, fragte meine Ma verständnislos.

»Mensch, Mama!«, rief Leonie. »Das ist doch klar wie sonst was!

Lilli will die Maria singen und spielen! Und damit das klappt, hat sie sich zuerst den Jonas gekrallt, weil er den Josef gibt, und jetzt will sie Mirja in den Wahnsinn treiben – nur damit die aufgibt und sie die Rolle bekommt!«

»Das glaube ich nicht. So fies kann kein Mensch sein; vor allem kein dreizehnjähriges Mädchen«, sagte unsere Ma und war total verwirrt.

»Oh doch! Lilli und ihre allerbesten Freundinnen haben mich schon zwei Mal stolpern lassen«, ergänzte ich. »Und außerdem: Auf den Fotos siehst du, dass die Fußspuren von Jonas kommen und zu Jonas zurückgehen. Es ist so, wie Leonie sagt.«

»Das ist Mobbing!«, rief meine Ma aufgeregt. »Gleich morgen geh ich zu deinem Klassenlehrer, Mirja, und … «

»Auf keinen Fall«, unterbrach ich sie. »Das wäre die totale Niederlage, Ma!«

Auch Yasin unterstützte mich. »Ich werde auf Mirja aufpassen.«

»Du gehst nicht in Mirjas Klasse. Wie willst du das anstellen?«

»Im Klassenzimmer wird Lilli nichts unternehmen. In den Pausen und während der Proben bin ich in Mirjas Nähe. Und in weniger als einer Woche ist sowieso alles vorbei; am Sonntag, dem 22. Dezember, ist die Aufführung. Werden Sie kommen?«

»Selbstverständlich«, erklärte meine Ma.

»Mit Paps?«, fragte Leonie sofort. »Bitte, Ma! Ihr müsst beide kommen!«

»Mal sehen … Das ist jetzt nicht das wichtigste Thema«, meinte sie dann. »Mirja, ich mache mir Sorgen. Was ist, wenn das Mädchen dir wirklich was antut?«

»Das wird ihr nicht gelingen«, erklärte Yasin wieder.

Na ja, schließlich gab meine Ma den Plan auf, zu meinem Klassenlehrer zu gehen.

Leonie und Murat setzten sich vor den Fernseher, und Yasin und ich gingen in mein Zimmer.

Da legte er seine Arme um mich. »Du hast geweint«, stellte er fest.

»Ja, weil der kaputte Engel an der Tür hing. Ich dachte, du hättest dich entliebt«, flüsterte ich an seinem Hals.

»Warum sollte ich das?«, fragte er verständnislos und schob mich ein bisschen von sich weg. »Und überhaupt: Wenn ich mich entliebt hätte – was nicht der Fall ist, Mirja! – hätte ich es dir gesagt. Alles andere wäre feige.«

Ich kuschelte mich wieder an ihn. »Du bist nicht feige. Deshalb wollte ich dir ja auch …«

»Was wolltest du? Mir mitteilen, dass das Päckchen garantiert nicht von mir kommen konnte? Ich hätte es gut gefunden, wenn du mich einfach angerufen und gesagt hättest: An meiner Haustür hängt ein komisches Päckchen. Das kann unmöglich von dir sein. Weil: darin ist ein zerbrochener Engel – so einer, wie ich ihn dir gestern geschenkt habe. Kannst du dir das erklären?«

»Ich … ich wollte dich ja anrufen. Aber dann war ich nicht mutig genug«, gestand ich.

»Schade«, meinte Yasin und küsste mich. »Du hast ganz umsonst geweint. Weißt du das?«

Ich nickte. »Ich wäre fast gestorben vor Enttäuschung. Deshalb hab ich ja …« Auch beim zweiten Anlauf brachte ich es einfach nicht über die Lippen.

»Was wolltest du?«, forschte Yasin.

Ich wand mich aus seinen Armen, ging zu meinem kleinen Schreibtisch und deutete auf das rote Herz aus Pappe.

»Zur Erinnerung an eine große Liebe«, las Yasin laut.

Er lächelte mich zärtlich an. Dann nahm der den goldenen Stift und malte ein **m** vor das Wörtchen eine.

»So stimmt es, so muss es heißen«, sagte Yasin »›Zur Erinnerung an *meine* große Liebe‹. Das Herz nehme ich mit, das hänge ich über mein Bett. Das ist mein allerschönstes Weihnachtsgeschenk, weißt du das?«

»Wirklich?«

Er nahm mich wieder in die Arme. »Ich bin echt verliebt in dich.

Ja … und dann zeigte Yasin, dass er es ernst meinte mit dem Verliebtsein.

Das war am Sonntag gewesen; am Montag saß ich neben Leonie im Bus, hielt vor lauter Dankbarkeit ihre Hand und fragte mich, was Lilli an diesem Tag auf Lager hatte. Chris Löwenfeld hatte nämlich in der sechsten Stunde wieder eine Probe angesetzt. Auf dem Plan stand die letzte Szene, die, in der der Josef und die Maria mit

dem Kind auf dem Arm aus dem Stall kommen, die Hirten und die Könige auf die Knie sinken und die drei Engel jubilieren.

In dieser Szene kam der Wirt eigentlich nicht vor, aber so wie ich Yasin jetzt kannte, würde er mit der Schürze vorm Bauch auch vor dem Stall stehen und lächelnd seine Hand auf den Kopf eines Esels oder Ochsens legen.

An diesem Morgen hatte ich mich extra schön gemacht, hatte einen Lidstrich gezogen, meine Wimpern getuscht, etwas Rouge auf die Wangen gepudert, die Haare superschön geföhnt und meine besten Jeans, einen knallroten Pulli und meine Stiefel angezogen. Als ich so ins Klassenzimmer kam, fiel Lilli und ihren allerbesten Freundinnen die Kinnlade herunter. »G... geht's dir gut, Mirja?«, stammelte Amanda.

»Klar. Besser ist's mir noch nie gegangen«, antwortete ich. »Warum fragst du?«

»Nur so ...«

Mareike setzte sich auf meinen Tisch. »Na, alles paletti? Nix passiert am Sonntag?«

»Nö. Nur dass ein Depp ein kaputtes Engelchen über unsere Haustür gehängt hat.« Ich lächelte sie an und sagte so cool wie ein *Tatort*-Kommissar: »Aber der Vorfall konnte aufgeklärt werden.«

In der großen Pause standen die drei und Jonas wieder zusammen und tuschelten. Yasin kam sofort aus seinem Gebäude zu uns rüber, legte den Arm um mich und fütterte mich mit seinem Pausenbrot – es war ein Stück türkische Pizza, die echt lecker schmeckte. Die drei Hexen wurden grün vor Neid. Über die Pizza ärgerten sie sich, aber dass Yasin das Lederband mit dem Engelchen über dem Anorak trug, ärgerte sie garantiert noch viel mehr.

Dann kam die sechste Stunde und mit ihr die Probe der letzten Szene.

Die Leute, die für die Kulissen zuständig waren, hatten den Stall in die Mitte der Bühne gerückt. Die Hirten mussten sich links, die drei Könige rechts davor aufstellen, der Ochse und der Esel – je zwei kleine Fünfer steckten in den Kostümen – lagen davor, und wieder stellte sich die Frage: Wie kommen die Engel ins Bild?

»Wir haben die superblödesten Rollen, Herr Löwenfeld«, schimpfte Lilli.

»Genau!«, rief Yasin. »Und singen könnt ihr auch nicht! Wissen Sie was, Herr Löwenfeld? Wir verzichten einfach auf die Engel.«

Mareike stampfte mit dem Fuß auf. »Ich verzichte nie – niemals! Wir Engel haben dafür gekämpft, dass das Kind nicht unter einer Brücke oder im Obdachlosenheim geboren wird! Wir wollten es romantisch haben, wir sind Hauptpersonen!«

Es gab ein wahnsinniges Hin und Her, bis Löwenfeld eine Lösung gefunden hatte, mit der die Engel einverstanden waren: Mareike und Amanda sollten singend und sehr anmutig von links, Lilli, als Hauptengel, von rechts aus den Kulissen schweben und sich neben die Hirten, beziehungsweise die Könige stellen.

Es war die letzte Probe ohne Gesang. Die Szene klappte einwandfrei, und weil die Zeit drängte, würden wir ab nächstem Mal die Szenen mit Gesang, Chor und Orchester proben. Und natürlich auch mit Emil, dem Erzähler.

18. Dezember

Die Ereignisse vom Sonntag hatten mich so durcheinandergewirbelt, dass ich erst am Montagabend, als meine kleine Schwester und ich in unseren Betten lagen, ganz kapierte, welch fiese Rolle mein Ex-Freund gespielt hatte: Er und Lilli waren Yasin und mir gefolgt, sie hatten den Engel gekauft, hatten ihn kaputt gemacht – aber er, er allein hatte die Stücke über unsere Haustür gehängt. Das verstand ich nicht. Was hatte ich ihm getan? Klar, dass Lilli wegen der Rolle, die sie nicht bekommen hatte, sauer war! Aber Jonas hatte doch mit Löwenfelds Entscheidung nichts zu tun? Ich wälzte mich so unruhig von einer Seite auf die andere, bis Leonie wissen wollte, was mit mir los war. Und dann sagte sie: »Ich bitte dich, Mirja! Ein Engelchen kaputt zu machen und die Teile zurückzugeben, damit du annehmen musst, Yasin hätte sich entliebt – also das war garantiert Lillis Idee. Und klar hat sie von Jonas auch verlangt, das Päckchen über unsere Tür zu hängen, wo er doch nur ein paar Schritte von uns entfernt wohnt.«

»Er hätte NEIN sagen können!«

»Dazu war er viel zu feige. Und vielleicht hat Lilli ihn ja auch erpresst.«

»Womit denn nur?«

Meine kleine Schwester schlüpfte mal wieder zu mir ins Bett. »*Wenn du mich liebst, erledigst du das für mich*, wird sie gesagt haben. *Und wenn du es nicht tust, dann weiß ich, dass du immer noch in Mirja verliebt bist*. So was in der Art wird sie gesagt haben. Hundertpro.«

Was Leonie sagte, machte Sinn. Trotzdem tut es verdammt weh, wenn ein Exfreund einen so in die Pfanne haut. Darüber dachte ich noch nach, als Leonie flüsterte: »Nur dass du es weißt, Mirja: Morgen steigt die Sache mit Paps. Musst du zu einer Probe für das Musical, oder kannst du mitkommen?«

»Wir proben jeden Nachmittag. Bist du sicher, dass du das alleine schaffst?«

»Ich kann das«, versicherte Leonie.

Unsere Ma muss uns gehört haben, denn plötzlich knipste sie das Licht an, scheuchte Leonie in ihr Bett und tat so, als wäre sie furchtbar sauer. Eigentlich war sie seit Sonntag nur noch sauer, aber um ihre Laune konnte ich mich nicht auch noch kümmern; ich hatte wegen meinem fiesen Ex, der neidischen Lilli und ihren zwei allerbesten Freundinnen schon genug Sorgen.

Für uns Sänger sowie für die Leute vom Chor und Orchester fiel in der letzten Woche vor Weihnachten der Unterricht am Nachmittag komplett aus. Vier Tage waren es noch bis zur Aufführung, und bis jetzt hatten wir nur geschauspielert. Kein Wunder, dass Chris Löwenfeld nervös wurde und wir seit Dienstag mit dem Chor und Orchester probten. Das hatte Verstärkung bekommen. Anstelle von Yasin, der nun endgültig den Wirt gab, bliesen Anna, Mark und Simon aus der Hauptschule die Trompete, und Linus aus der Elften spielte Klavier. Linus will nach dem Abi Musik studieren und sieht göttlich aus; wie ein romantischer Künstler eben.

Zuerst spielte das Orchester ein schmissiges Stück, das stark nach der Eurovisionsmelodie klang, und in dem Mick, unser Schlagzeuger, mit reichlich Trommelwirbel alle Hände voll zu tun hatte. Emil, unser Erzähler, stellte sich dann vor einen kleinen Tisch, zeigte auf seinen aufgeklappten Laptop und berichtete im Ton eines Nachrichtensprechers *aus aktuellem Anlass* von einer merkwürdigen Begebenheit, die sich an einem berüchtigten Krisenherd im Nahen Osten zugetragen haben soll. Dann sagte er: »*Unser Reporter war live vor Ort. Wir spielen Ihnen, verehrte Zuschauer, jetzt die Aufnahmen vor, die uns vor wenigen Minuten über Satellit erreicht haben.*«

Dann öffnete sich der Vorhang. Man erkannte den Bildschirm, die Zuschauer sahen einen mit Goldfolie umwickelten Stuhl, auf dem ein vornehmer Mann mit einem Lorbeerkranz auf dem Kopf (und in ein weißes Leintuch gewickelt!) saß und einen ebenfalls mit Goldfolie umwickelten Stab in der Rechten hielt. Dieser Mann teilte den Zuschauern in einem Rap mit, als Kaiser des Landes sei er auf die Steuereinnahmen angewiesen, wozu er aber unbedingt die genaue Zahl seiner Untertanen wissen müsse. Deshalb, und weil die Internetverbindung bis auf unbestimmte Zeit unterbrochen sei, hätten alle Leute in ihren Geburtsort zu reisen. Der Aufbruch müsse sofort geschehen, andernfalls würden sich seine Panzer in Bewegung setzen.

Der Kaiser setzte sich, das Orchester spielte etwas komplett Wildes, während aus den Kulissen die Leute hervorkamen, auf

der Bühne durcheinanderrannten, Schreie ausstießen, jammerten, heulten oder brüllten: *»Hast die Schoko-Sahnetorte eingepackt? Vergiss meine Ugg-Boots nicht! Wo ist der Käfig mit dem Kakadu? Ich kann mein Abercrombie-Shirt nicht finden, verdammt aber auch!«*

Mitten in dem ganzen Tohuwabohu standen Jonas und ich. Er hielt meine Hand, ich hatte einen sehr dicken Bauch, und während die Leute nach und nach hinter die Kulissen gingen, sang ich den Song, den Chris Löwenfeld komponiert hatte: »Über Stock und Stein, bei Nacht und Nebel, bei Kälte und bitterkaltem Wind …«

Ich sang das traurige Lied, während wir über die Bühne wanderten und links in den Kulissen verschwanden. Dann galoppierte von rechts ein Pferd heran (unterm Kostüm steckten zwei kleine Fünfer), das einen pinkfarbenen Schlitten aus Plastik hinter sich herzog, wozu der Chor *Jingle Bells* sang und das Orchester wirklich sein Bestes gab.

Danach schloss sich der Vorhang, und Emil, der Nachrichtensprecher, sagte: »*Nach einer kurzen Unterbrechung folgt der zweite Teil der Sondersendung* Aus aktuellem Anlass.«

Die Unterbrechung bestand aus zwei Engelchen aus der Sechsten, die auf der Bühne ein meterlanges Nachrichtenband (bestehend aus einer Tapete mit pastellfarbenem Blümchenmuster), ein Telex also, entrollten, wozu Mick mit seinem Schlagzeug das Ticktickttick beisteuerte, das fast so echt klang wie das Tickern im Fernsehen:

Reiseproviant kauft man bei Waller in der Marktstraße +++ Frisches Futter für Esel und Co. bei Fressnapf +++ Falls das Navi schlappmacht: Landkarten zum Sonderpreis +++

In den ersten beiden Szenen, die ja ineinander übergingen, traten weder der Wirt noch die Engel auf. Aber natürlich hatten Lilli und ihre allerbesten Freundinnen den tollen Typ am Klavier erspäht, Linus aus der Elften, und saßen ihm zu Füßen. Voll peinlich, ehrlich.

Wir anderen mussten geschlagene vier Stunden proben und durften erst kurz nach 18 Uhr – ich war total fertig – nach Hause gehen.

Als ich sah, dass meine kleine Schwester vor dem Festsaal auf mich wartete, wusste ich sofort, dass etwas passiert war.

»Hat dein Plan nicht geklappt, Leonie?«

»Doch. Aber er wäre nicht nötig gewesen.«

»Wie soll ich das verstehen?«

»Na ja... Ich hatte Paps ja gesagt, dass wir uns wegen meines Weihnachtsgeschenks in der Friedrichstraße/Ecke Wilhelmstraße treffen würden. Um 15 Uhr.«

»Klar. Weiß ich«, sagte ich ungeduldig. »Mach's nicht so spannend!«

»Es WAR aber spannend«, erklärte Leonie und lachte plötzlich. »15 Uhr war eine blöde Zeit. Der Bus ist ja schon 15 Minuten nach 14 Uhr in der Stadt, also bin ich zuerst zu dem Haus gegangen, in dem Paps mit der blöden Yvonne wohnt. Und wie ich dort auf ihn warte, kommen die beiden aus der Tür. Zuerst gehen sie ganz normal die Straße entlang, dann sagt Yvonne etwas, Paps antwortet, und dann brüllt Yvonne ihn an, dass alle Leute ihnen hinterher schauen.«

»Und?«

»Yvonne schreit und brüllt, und auf einmal wirft sie ihm ihre Handtasche ins Gesicht und rennt davon.«

»Aua!«

»Genau. Ich hab die Handtasche aufgehoben und gefragt, warum er denn mit der Yvonne gestritten habe. Und weißt du, was Paps sagte?«

»Sag's endlich!«

Leonie blieb stehen. »Paps sagte: ›Yvonne hat mich verlassen.‹«

»Ne! Echt? Wieso denn?«

Leonie zählte auf. »Weil er Ma besucht hat, weil er noch immer in sie verliebt sei, und weil wir zwei immer dazwischenfunken würden.«

»Wie bitte?«

»Ist doch egal, ob das stimmt oder nicht. Tatsache ist, dass sie fort ist. Genau, was wir wollten.« Leonie klang sehr zufrieden.

»Okay. Und was hast du dann gemacht?«

»Dann«, Leonie kicherte, dann hab ich zu Paps gesagt: ›Komm einfach mit. In ein paar Minuten wirst du wissen, warum dich deine Yvonne verlässt. Weil: Es kann ja sein, dass sie sich über uns ärgert und auch meint, du würdest Ma noch immer lieben. Aber es gibt noch einen anderen Grund.‹«

»Und?«

»Dann bin ich mit ihm zur Friedrichstraße/Ecke Wilhelmstraße gegangen. Wir haben uns ins Café Helm gesetzt. Paps hat mir eine heiße Schokolade mit doppelt Sahne und sich ein Kännchen Kaffee bestellt. ›Und jetzt?‹ hat er gefragt.

›Jetzt warten wir‹, hab ich geantwortet. ›Es wird nicht lange dauern. Nur Geduld.‹«

»Er hat tatsächlich gewartet?«, erkundigte ich mich ungläubig.

»Klar. Denn als er die erste Tasse getrunken hatte, kam Yvonne aus der einen Ecke, ein Mann aus der anderen. Die beiden haben sich am Brunnen getroffen, der Mann hat sie gleich in die Arme genommen, sie haben sich geküsst. Wie Paps das gesehen hat, ist er aufgesprungen, aber ich hab ihn wieder auf den Stuhl gezogen. ′Hast du das gesehen?′ hab ich ihn gefragt. Klar hat er das gesehen«, setzte sie triumphierend hinzu.

»Und dann?«

»Paps hat erst mal nichts gesagt. Dann wollte er wissen, woher ich von Yvonnes Freund wusste, und weshalb ich ihn das nicht gleich gesagt hätte. Och, hab ich gesagt, das weiß ich schon eine ganze Weile, weil ich der Yvonne nachspioniert habe. Aber ich wollte es dir nicht gleich sagen, denn ich dachte, es wäre doch ein tolles Weihnachtsgeschenk für uns alle, wenn du wieder zu uns kommen würdest. Kommst du?«

Ich hielt den Atem an. »Und? Kommt er?«

Leonie hob die Schultern. »Er zickt herum. Er ist nämlich sauer, dass der Geier Mas Freund ist. Ich hab ihm dann gesagt, Ma sei eine tolle Frau, die sich die Männer aussuchen könne. Jetzt sei es an ihm, was zu unternehmen – einfach nichts zu tun, könne er sich nicht erlauben.« Sie schob die Mütze hoch, die ihr immer über die Augen rutschte. »Ich hoffe nur, ihm fällt etwas ein«, meinte sie schließlich. »Der Geier ist ein harter Brocken. Ich hab ihm auch ein bisschen hinterherspioniert und leider festgestellt, dass er keine andere Freundin hat. Ihn zu vergraulen wird nicht einfach sein. Es sei denn, wir beide zicken so herum, dass er den Plan aufgibt, eine Frau mit zwei Töchtern zu heiraten.« Wieder schob sie die Mütze hoch. »Geier ist ein superharter Knochen«, wiederholte sie. »Dem traue ich es zu, dass der uns in ein Internat abschiebt.«

»Das wird Ma niemals erlauben!«, rief ich erschrocken. »Sie gibt eher den Geier auf als uns!«

»Das glaube ich auch«, bestätigte Leonie. »Ich hoffe nur, Pa weiß, wie er um Ma kämpfen muss.«

»Ich glaube nicht, dass er schwer sein wird. Ma ist nämlich nicht in Geier verliebt; sie tut nur so, um Pa eifersüchtig zu machen.«

»Meinst du?«

Ich nickte entschieden. »Hundertpro. Überleg doch – wenn ich richtig verliebt bin, komme ich doch nicht früher zurück als geplant. Ich jedenfalls hätte jede Sekunde mit Yasin genießen wollen, wenn wir ein gemeinsames Wochenende geplant hätten. Aber was hat Ma getan? Sie stand schon am Sonntagvormittag auf der Matte. Seitdem ist sie sauer und nörgelt an allem herum. Das ist doch ein klarer Fall von Nichtverliebtsein. Trotzdem«, erklärte ich meiner kleinen Schwester, »dürfen wir uns nicht auf Pa verlassen. Wir müssen überlegen, wie wir ihn unterstützen können.«

Leonie hob die Schultern. »Einverstanden. Ich überlege mir etwas. Du hast jetzt keine Zeit Mirja, du musst singen und die Maria geben.«

»Glaubst du, dir fällt etwas ein?«

»Glaubst du etwa, mir würde nichts einfallen?«, erwiderte meine kleine Schwester und lachte dabei so richtig fies.

19. Dezember

Am Mittwochnachmittag waren die Proben weitergegangen. Wir warfen unsere Anoraks, Rucksäcke, Schultaschen und Beutel auf einen Haufen vorne im Saal und warteten, bis die Musiker ihre Instrumente gestimmt hatten und die Leute vom Chor an den richtigen Stellen standen. Dann stellte sich Emil wieder an seinen Tisch mit dem aufgeklappten Laptop, und die beiden Engelchen rollten ihr Band ab, während Mick den Ticker gab:

+ + + Hunderte Reisende ohne Unterkunft + + + Verpflegung ungewiss + + + Unwürdige Bedingungen für Schwangere, Alte und Kranke + + + Rotes Kreuz ruft zu Spenden auf + + +

Emil, der Nachrichtensprecher, sagte mit unbeteiligter Stimme: »*Vor wenigen Minuten erreichte uns via Satellit der Bericht unseres Reporters vor Ort. Er wurde Zeuge eines Zwischenfalls, der unter die Haut geht.*«

Damit ging der Vorhang auf.

Auf der Bühne zogen zwei aus der Neunten ein Leiterwägelchen, in dem ein sehr kleiner Fünfer saß. Ein Pferd und zwei Esel galoppierten über die Bühne, und etliche Fußgänger, Frauen, Männer und Kinder, waren mit Landkarten, Navis und Handys unterwegs. Josef und ich mussten Hand in Hand am Rand stehen; Josef sollte den Daumen heben, der Fünfer musste aus dem Leiterwägelchen steigen und ich reinsitzen, was mit dem dicken Kissen-Bauch gar nicht so einfach war. Dazu sangen wir auf der Bühne und der Chor zur fetzigen Begleitung des Orchesters *I'll be home for Christmas.*

Weil Chris Löwenfeld immer noch mehr Schwung und Tempo verlangte und Paul, der Trompeter, mit der Geschwindigkeit zuerst nicht mithalten konnte, dauerte die Probe dieser einen Szene bis 16 Uhr, dann wurde der Vorhang zugezogen und die beiden Engelchen traten wieder mit dem Nachrichtenband auf, wozu Mick das Tickern mit seinem Schlagzeug beisteuerte:

+ + + Schneechaos im Nahen Osten + + + Straßen und Wege unpassierbar + + + Viele Reisende gestrandet + + + Dringende Warnung: nehmen Sie keine Anhalter mit + + + Unterkünfte weitgehend ausgebucht + + + Schneechaos im Wüstengebiet + + + Extremer Kälteeinbruch infolge Klimaänderung + + + Herbergen überfüllt + + +

Die Leute von der Kunst-AG hatten die Kulisse geändert; jetzt stand auf der Bühne nur die Karawanserei ohne Stall. Josef und ich näherten uns dem geschlossenen Tor, er schlug mit seinem Spazierstock dagegen. Einmal, zweimal, dreimal. Yasin, der Wirt, öffnete das Tor, man sah verschleierte Frauen, Männer in weißen Gewändern, Kamele (aus Sperrholz), Stoffballen, Kästen und Kisten.

Ich war wahnsinnig aufgeregt, denn jetzt hatten wir drei, Maria, Josef und der Wirt, den allerwichtigsten und allerlängsten Auftritt.

Der Wirt rappte: *Wer klopfet an?*

Ich sang: *O, zwei gar arme Leut'!*

Der Wirt: *Was wollt ihr denn?*

Ich sang, wozu Josef brummte: *Wir wollen Herberg' heut!*

Das Lied hat 4 Strophen und endet damit, dass der Wirt uns widerwillig einen Platz im Viehstall bewilligt:

Wirt: *Jetzt packt euch fort!*

Maria: *Oh, dies sind harte Wort'!*

Wirt: *Zum Viehstall dort!*

Maria: *Oh, wohl ein schlechter Ort!*

Wirt: *Ei, der Ort ist gut für euch; ihr braucht nicht viel. Da geht nur gleich!*

Das Licht ging aus, man hörte, wie Kulissen herumgeschoben wurden, dann ging das Licht wieder an. Die Karawanserei war verschwunden, jetzt sah man eine Wüstengegend mit einem halbzerfallenen Stall. An seiner linken Seite stand eine echte, aber ziemlich kleine Palme in einem Tontopf, rechts sah man drei Strohballen und vier hölzerne Schäfchen auf Rädchen.

Yasin, der Wirt, deutete auf die Stalltür, die ganz schief in den Angeln hing.

Josef führte mich nicht; er folgte dem Wirt so bereitwillig, als wäre der elende Stall ein Vier-Sterne-Luxushotel. Da wurde ich aber sauer! Verdammt – hatte der Junge denn keinen Funken Fantasie?! Seine Maria war seit Tagen unterwegs, die Unterkünfte waren katastrophal gewesen, am Essen hatte es gefehlt, das Wasser war knapp geworden, und zu allem Unglück war sie auch noch hochschwanger!

Das waren keine Peanuts, für die Maria war das eine ganz miese Zeit, die ihr alles abverlangte. Und wie verhielt sich der Josef?

So, als ging's zum Sommerurlaub am Mittelmeer.

Ich hörte, wie unten im Saal ein paar Leute tuschelten – bestimmt regten sie sich genauso über den Josef auf wie ich. In diesem Augenblick zwinkerte Yasin mir zu. ›Rette die Szene, Maria!‹, hieß das.

Gut, ich hatte verstanden. Ich krümmte mich vor Schmerz, ich tappte ein paar Schrittchen, ich rang die Hände ... dann stand ich auch vor dem Stall, blickte mich fassungslos, hilfesuchend um – und sank ohnmächtig zu Boden.

Mein Josef kapierte gar nichts. Erst als ihn der Wirt anstieß und brüllte: »Fass an, du Trottel! Wir tragen deine Frau in den Stall!«, hob er meine Beine hoch. Der Wirt hatte die größere Last zu tragen; als er seine Arme unter meinen Rücken schob, keuchte er und schnaufte wie ein Walross. Das war aber nur Theater. Im Stall sagte er nämlich so laut, dass Jonas ihn gut hören konnte: »Spürst du, wie ich dich auf Händen trage, Mirja?«

Es war eine echt tolle Szene.

Yasin, der Wirt, großmäulig und breitbeinig, die Hände in den Taschen, das Kinn kämpferisch hochgereckt, rappte wahnsinnig gut, und Murat schlug dazu ganz leise und gleichmäßig die Trommel.

Das Orchester begleitete meinen Song in der richtigen Lautstärke und so, dass man im Saal noch jedes Wort verstehen konnte. Es war DIE Szene überhaupt:

Der selbstbewusste Wirt, der schüchterne, trottelige Josef, und ich, die Schwangere, die tapfer durchgehalten hat, aber jetzt am Ende ihrer Kräfte ist und es kaum fassen kann, dass sie ihr Kind in einem lausigen Stall zur Welt bringen soll.

Wir brauchten für diese eine Szene bis kurz nach 18 Uhr, weil der Josef viel zu leise rappte und sich immer wieder verhaspelte. Zum Beispiel ging sein Text an einer Stelle so:

Überall *sind wir verstoßen/Jedes Tor ist uns verschlossen!*

Garantiert vier Mal brachte er das nicht auf die Reihe und rappte: Überall sind wir ge... verschlossen ...

Na ja.

Chris Löwenfeld war sehr geduldig, nur die Leute vom Orchester lästerten über den Blödmann, der den Unterschied von *schließen* und *stoßen* nicht kapierte.

Ich glaube aber, dass der Josef nur deshalb so durcheinanderkam, weil ihn der Wirt mit seinem gemeinen Lächeln nervte: Yasin grinste absolut fies und tappte immerzu mit der Fußspitze auf den Boden, wodurch er ihm signalisierte, dass er Jonas für den allerletzten Schauspieler hielt. Als Chris Löwenfeld rief: »Ganz so überheblich musst du den Wirt nicht geben, Yasin!«, erwiderte der cool: »So sehe ich aber die Rolle, Herr Löwenfeld. Ich meine, der Wirt ist eine echt harte Nuss; er will Geld, und weil Maria und Josef keines besitzen, brüllt er sie an: *Packt euch fort!*«

Die Leute vom Chor und Orchester unterstützten Yasin und meinten, der Josef sei eben ein Weichei, Warmduscher und überhaupt ein schlappes Würstchen, das gegenüber einem energischen Wirt keinen Fuß auf den Boden bringen würde. Insofern würde Yasin die Rolle absolut überzeugend geben.

Das fand ich auch.

Erst als ich von der Bühne sprang, sah ich, dass im nur von einem Dämmerlicht beleuchteten Saal Lilli und ihr allerbesten Freundinnen auf dem Boden saßen. Eigentlich wollte ich ja gleich verschwinden, aber dauernd klopfte mir jemand auf die Schulter und lobte mich, wie toll ich gesungen und wie genial ich die Maria gegeben hätte – voll in Not, aber nicht so schwach wie Josef. Komplett überzeugend eben.

Ich freute mich riesig.

Schließlich zog ich aus dem ganzen Haufen meinen Anorak heraus, wühlte mich durch den Berg Schultaschen, fand meine eigene – und wurde von Yasin am Arm zurückgehalten. »Ich muss noch eine Mathe-Strafarbeit erledigen, aber bis zur Bushaltestelle begleite ich dich, Mirja.«

Lilli, Amanda und Mareike machten »Pfff« und drehten sich angewidert zur Wand. Yasin rief ihnen zu: »Wer hat der hat! Nur kein Neid, ihr Engelchen!«

Ich hörte noch, wie Amanda sagte: »Wer zuletzt lacht, der ...« Dann hatten wir uns durchs Gewühl gekämpft und standen im Freien. Leider waren so viele auf dem Weg zum Bus, und das auch noch in aller Eile, weil er gleich abfahren würde, dass wir keine Zeit für ein oder zwei Küsschen hatten. Ich kramte mein Mäppchen mit dem Geldbeutel und der Monatskarte für den Bus aus der Schultasche, zog den Reißverschluss auf – und kapierte gar nichts mehr.

»Was ist?«

»Mein Fahrschein fehlt.«

Während ich noch herumrätselte, wollte Yasin wissen, wie ich denn am Morgen zur Schule gekommen wäre.

»Na, mit dem Bus. Wie immer.«

»Da hattest du noch die Karte?«

»Klar.«

»Und?«

»Ich hab sie dem Fahrer gezeigt und ins Mäppchen zurückgesteckt.«

»Sicher?«

»Absolut. In der großen Pause habe ich mir eine Brezel gekauft; da steckte die Karte noch neben dem Geldbeutel.«

»Dann wurde sie dir ge ...«

In diesem Augenblick rief der Fahrer »Einsteigen!«, ich warf Yasin einen verzweifelten Blick zu, stieg ein, und weil mich der Fahrer kannte und ich ihm schon während der ganzen Dezembertage die Karte gezeigt hatte, grummelte er nur, ließ mich aber mitfahren. »Morgen zeigst du mir die Karte oder du bezahlst den Fahrpreis, verstanden?«

»Klar«, antwortete ich benommen und ging durch den Gang nach hinten, wo ich normalerweise neben Leonie saß. Dabei kam ich an Jonas vorbei. Der zog seinen knallroten Kopf zwischen die Schultern und sah nicht auf. Er sagte auch nichts; nicht mal: »Warst 'ne tolle Maria«, oder »Macht Spaß, mit dir auf der Bühne zu stehen«.

Er tat so, als wäre er am liebsten unsichtbar.

Mir war klar, dass nur Lilli und ihre allerbesten Freundinnen die Karte geklaut haben konnten. Den ganzen Nachmittag lang hatten sie dazu Zeit gehabt; im Saal war es dämmrig, in der Nähe der Taschen saßen sie auch, die Leute vom Chor und Orchester blickten auf die Noten, und alle anderen interessierte nur das, was auf der Bühne geschah. Nicht zu vergessen: Sie kannten natürlich meine Schultasche. Am Riemen baumelte ein rosa Plüschbärchen.

Mir ging auf, dass ich in einer Zwickmühle saß. Wenn ich meiner Mutter vom Diebstahl berichten würde, stünde sie vor Unterrichtsbeginn vorm Rektorat. Und dann?

Unser Schulleiter und meine Klassenlehrerin würden ein gewaltiges Theater abziehen, Lilli würde nichts zugeben, ihre Freundinnen würden sie selbstverständlich in Schutz nehmen, und ich stünde da wie der letzte Depp.

Aber die Karte WAR weg.

Ich brauchte sie.

Obwohl – der Monat war fast zu Ende; irgendwie würde ich bis Samstag über die Runden kommen; Sonntag würden wir sowieso alle im Auto meiner Mutter zur Aufführung fahren.

Also …?

Halb so schlimm alles.

Dann beschäftigte mich der Gedanke, ob Lilli Jonas eingeweiht hatte. Er war nicht der Dieb; er stand mit mir auf der Bühne. Trotzdem: War er ein Mitwisser?

Sah ganz danach aus, so wie er den Unsichtbaren gab und jeden Blickkontakt vermied.

Mann oh Mann, wie konnte ich mich nur in einen solchen Feigling verlieben!

20. Dezember

Kurz bevor der Bus in unserem Dorf hielt, hatte ich eine wunderbare Idee.

Ich wartete, bis alle ausgestiegen waren. Dann erst ging ich vor zum Fahrer. »Herr Wagner, Sie wissen doch, dass ich eine gültige Karte besitze. Die wurde mir aber heute Nachmittag geklaut.«

»Verloren und verschlampt hast du sie! Was glaubst du, wie oft ich die Ausrede schon gehört hab! Sie hängt mir zum Hals heraus!«

»Okay, das glaube ich gerne. Der Diebstahl hängt aber damit zusammen, dass ich die Maria in unserem Musical gebe, was ein anderes Mädchen so ärgert, dass sie mir schon zwei Mal eine Stolperfalle gestellt hat. Und jetzt hat sie die Karte geklaut«, setzte ich hinzu. »Aber das alles hätte ich ja erfinden können, was?«

»Hättest du«, bestätigte er. »Und? Hast du's erfunden?«

Ich schüttelte den Kopf. »Kommen Sie doch zu unserer Aufführung. Sonntagnachmittag, 15 Uhr, im Festsaal des Schulzentrums. Der Eintritt ist frei, um eine Spende wird gebeten.«

Da hatte Wagner gelacht und gemeint: »Zeigst mir eben das Mäppchen ohne Karte. Weil – das Wichtigste ist, dass niemand denkt, für dich würde ich eine Extrawurst braten. Und sag nichts davon. Kapiert?«

Ist doch gut, wenn man nicht schüchtern ist, dachte ich und ging stolz nach Hause.

Meine kleine Schwester saß auf der Treppe und hielt den Finger vor den Mund. »Kannst nicht in die Stube und nicht in die Küche!«, flüsterte sie und zog mich nach oben in unser Zimmerchen. Dort machte sie die Tür zu, setzte sich auf mein (!) Bett und klopfte auf den Platz neben sich.

»Ich hab Hunger«, jammerte ich. »Was ist eigentlich los?«

»Der üble Geier streitet mit Mama!«

»Echt? Wieso denn?«

»Das weiß ich nicht, du Dussel. Jedenfalls ist Ma heute ganz aufgeregt von der Arbeit gekommen, und als sie Spaghetti und Tomatensoße kochen wollte, fürs Abendessen, weißt du, hat's geklingelt. Ich geh raus. Wer steht vor der Tür, schubst mich weg und stürmt wie eine Dampfwalze in die Stube? Der Geier. Aber das ist noch nicht alles. Als ich auch in die Stube gehen will, schickt er mich nach oben. Mirja – der Geier schickt MICH weg! Tut so, als sei er der Herr im Haus – also das ist die Höhe! Nicht mit mir, nicht mit uns!«

»Aber Mama …«

»Die kam gar nicht dazu, was zu sagen.«

Das waren schlimme Nachrichten. Wir brüteten vor uns hin und warteten auf den Abflug des grässlichen Geiers. »Wenn der bei uns einzieht«, meinte Leonie düster, »obwohl er behauptet, wir seien schlecht erzogen, dann …«

»Richtig. Das hat er gesagt. Schade, dass wir kein Schlagzeug besitzen. Eine Trompete würd's auch tun. Mit Lärm könnten wir ihn vergraulen.«

»Wir haben Blockflöten!«, rief Leonie.

Wir hätten ihn vergrault, doch bevor es dazu kommen konnte, verließ er das Haus, und wir rannten nach unten.

»Was wollte der Geier von dir, Ma?«, rief Leonie.

Unsere Mutter saß am Tisch. »Oh je. Was ich jetzt brauche, ist eine Tasse Tee.« Sie stand auf und ließ Wasser in den Topf laufen. »Trinkt ihr mit?«

»Sag zuerst, was er wollte!«

Unsere Mutter rieb sich die Augen. »Über Weihnachten und Silvester in Sankt Moritz Ski laufen.«

»Oh, super!«, rief Leonie. »Da wollten wir schon immer mal hin, stimmt's, Mirja?«

Unsere Ma seufzte. »Ihr solltet nicht mitkommen.«

»Wie?« Meine Schwester und ich starrten uns an. »Ski laufen ohne uns? Wie stellt er sich das vor? Dass wir Weihnachten allein vorm Baum sitzen?«

»Er meinte, ihr könntet mit eurem Vater feiern.«

Mir wurde ganz kalt. »Was hast du zu Geier gesagt?«

Ma goss Wasser über die Teeblätter. »Dass ich entweder mit euch oder gar nicht mitkomme. Ist doch klar.«

»Puhhh!« Mir fiel ein Fels von der Seele. »Gut so.«

»Und außerdem …«, Ma knallte die Teekanne energisch auf den Tisch, »habe ich gekündigt.«

»Nein«, hauchte Leonie. Dann sprang sie auf, tanzte in der Stube herum und sang dazu: *»Glory glory halleluja …«* – und das Ganze endete damit, dass Ma und ich mittanzten. Bis die Haustürklingel

schrillte, Leonie losrannte und mit Paps zurückkam. »Weißt du schon das Neueste?«, fragte sie ihn mit glänzenden Augen. »Ma hat gekündigt und den ollen Geier in die Wüste geschickt. Was sagst du dazu?«

»Ich bin sprachlos.« Er ließ sich auf die Bank vorm grünen Kachelofen sinken. »Eigentlich wollte ich fragen, ob wir nicht morgen zusammen Ski laufen könnten. Der Schnee ist perfekt, zu kalt ist es auch nicht, und ich lade euch danach zum Kaiserschmarrn-Essen ein. Na, wie ist's? Seid ihr dabei?«

Ich runzelte die Stirn. »Ihr? Euch? Wen genau meinst du damit?«

»Dich, Leonie und eure Mutter, wenn sie Zeit und Lust dazu hat.«

Ich kreuzte die Arme vor der Brust. »Geht nicht. Ich muss zur Probe fürs Musical.«

»Und ich«, sagte Leonie flugs, »komm nur mit, wenn du am Sonntag mit uns zur Aufführung gehst. Du weißt schon, Paps: Wenn man etwas bekommt, muss man auch etwas dafür geben.«

Das alles hat uns ziemlich aufgeregt. Vor allem hat es uns aber auch gefreut, denn jetzt ist's sicher: Paps kommt zur Aufführung!

Deshalb werde ich auf der Bühne mein Bestes geben. Hoffentlich gelingt es mir...

An diesem Morgen achtete ich darauf, als Letzte in den Bus zu steigen. Ich hielt Herrn Wagner blitzschnell mein Mäppchen ohne Monatskarte vors Gesicht, dabei achtete ich auf meinen Exfreund Jonas. Er guckte nicht her, aber er zog die Augenbrauen hoch, als Leonie und ich an ihm vorbei nach hinten gingen. In der großen Pause tuschelte er wieder mit den drei Hexen, aber nichts geschah.

Dann, wieder um 14 Uhr, kamen wir alle im Festsaal zur Probe zusammen.

»Auf geht's!«, rief Chris Löwenfeld. »Beeilt euch! Heute stehen die beiden letzten Szenen auf dem Programm. Die Generalprobe morgen machen wir dann mit den Kostümen!«

»Voll die Hektik«, murrten die Kleinen, aber natürlich war es nicht anders als sonst: Die Leute im Orchester stimmten ihre Instrumente, mit den Sängern machte Löwenfeld noch rasch ein paar Stimmübungen, aber dann wurde es ernst.

»Emil – an den Platz! Wo sind die Engel mit dem Telex? Los, rauf auf die Bühne, dallidalli!«

Noch war der Vorhang zugezogen. Emil klappte seinen Laptop auf und räusperte sich.

»Vor wenigen Minuten erreichte uns der Sonderbericht unseres Reporters im Nahen Osten. Am nächtlichen Himmel wurde ein Phänomen beobachtet, das einem riesigen Stern ähnelte, der einen langen leuchtenden Schweif hinter sich herzog. Weltweit wird fieberhaft nach den Ursachen geforscht, allerdings sind sich die Wissenschaftler jetzt schon einig, dass es sich mit an Sicherheit grenzender Wahrscheinlichkeit nicht um ein UFO und auch nicht um den Vorboten des von den Maja vorhergesagten Weltuntergangs handelte. Unser Reporter war vor Ort; er versichert glaubhaft, er habe noch nie etwas auch nur annähernd so Beeindruckendes erlebt. Und damit zurück zur Tagesschau.«

Die zwei Engelchen rollten dazu das Nachrichtenband ab.

+ + + Unerklärliche Erscheinung am Himmel + + + Bewohner bringen sich in Sicherheit + + + Wissenschaftler einig: keine Gefahr für Leib und Leben + + + Russischer Astronaut dementiert, Stern im Weltall gesehen zu haben + + + Finnischer Forscher: Auftreten von Aurora borealis im Orient unwahrscheinlich + + +

Dann ging der Vorhang auf, und damit begann das Chaos.

Zuerst wollte Löwenfeld, dass die Hirten fellbedeckte Schäfchen aus dem Spielwarenladen hinter sich herziehen. Die Hirten, es waren lauter Sechser und Siebener, weigerten sich und fragten, warum er keine Kindergartenkinder engagieren würde; DIE hätten Spaß daran, SIE würden sich nicht zur Minna machen. Es endete damit, dass Löwenfeld klein beigab, die Schäfchen vor dem Stall aufstellen ließ und die Hirten einfach nur mit ihrem Stock von links aus den Kulissen kommend langsam zum Stall gehen mussten.

So weit, so gut.

Dann mussten die Könige von rechts kommen, aber da Lit aus Vietnam der Kleinste war, verdeckten ihn Emir und Kagiso. Also mussten sie sich der Größe nach aufstellen: zuerst Lit, dann Emir, der Türke, und als Letzter Kagiso aus Afrika.

Weil der Platz vorm Stall begrenzt war, gab's ein Gerempel und Geschiebe, wobei etliche Schäfchen umstürzten. Als die wieder auf ihren hölzernen Beinchen mit den Rollen standen, sollten eigentlich die Engel einschweben. Aber Löwenfeld ließ alles nochmals von vorn und mit Gesang proben.

Für diese Szene hatte er sich was ganz Besonderes einfallen lassen. Mit Orchesterbegleitung sang der Chor zuerst eine Strophe von *»Kommet ihr Hirten«*, dann eine von *»Es kommen drei Könige aus Morgenland«*, darauf die 2. vom Hirtenlied. Das Ganze war eine Wucht, weil die Lieder total unterschiedlich sind. Wie gesagt, dazu kamen die Hirten von links und die Könige von rechts,

Als Chris Löwenfeld mit den Hirten, den Königen, dem Chor und dem Orchester zufrieden war, dachten wir, wir hätten für diesen Tag, es war der Donnerstag, das Schlimmste hinter uns.

Wir irrten uns.

Lilli, Amanda und Mareike standen mit gerunzelter Stirn auf der Bühne. »Soll das etwa unser Auftritt sein? Herr Löwenfeld, das ist doch gar nichts – wir können uns nicht entfalten, das Ganze ist absolut öde und langweilig! Dabei ist die Szene der absolute Wahnsinn! Überlegen Sie doch«, rief Mareike, »vor einem ruinösen Stall treffen drei Könige und etliche himmlische Wesen aufeinander! Und das auch noch mitten im Nirgendwo! So was hat's auf der Welt noch nie gegeben – und was machen Sie daraus? Sechs Leute, die so tun, als würden sie sich mal kurz vorm Aldi begegnen. Gut, die Musik ist eine Wucht, das gebe ich gerne zu, aber wir Engel – «

»– sollten an einem unsichtbaren Seil vom Himmel schweben«, sagte Lilli so hochnäsig wie immer. Mareike und Amanda nickten heftig. »Genau.«

Obwohl die drei Hexen meine Feindinnen sind, hatten sie recht, fand ich. Die Szene war langweilig. Außerdem – Engel sind etwas Besonderes, aber eben das kam einfach nicht rüber.

»Ihr Engel macht uns das Leben schwer«, stellte Chris Löwenfeld fest. »Ihr müsst das verstehen: Wir haben keine vollausgestattete Theaterbühne. Wir spielen nur im Festsaal unseres Schulzentrums auf einer kleinen Plattform ohne technischen Schnickschnack.« Er wischte sich den Schweiß mit einem Tuch von der Stirn. »Ich verstehe euch ja«, setzte er dann hinzu. Und wenn jemand eine zündende Idee hat – ich bin bereit zum Zuhören.« Er stopfte das Tuch in die Hosentasche zurück. »Aber wenn euch eure Rolle so nicht gefällt«, sagte er leiser, »dann frage ich mich, weshalb ihr euch nicht schon längst Gedanken darüber gemacht habt, wie ihr sie pfiffig und interessant gestalten könnt. Wenn ich an die Maria denke oder an den Wirt, dann wisst ihr, was ich meine. Die beiden haben aus ihrer Rolle wirklich etwas gemacht. Die sind nicht nur dagestanden und haben so Unmögliches verlangt wie ein unsichtbares Seil, das am Himmel befestigt ist.«

»Unsere Rollen bieten uns keinerlei Entfaltungsspielraum«, sagte Lilli wütend.

»Engel müssen sich nicht erst entfalten«, erklärte Löwenfeld ungeduldig, »Engel sind von Natur aus perfekte Wesen.«

»Dass ich nicht lache!«, rief Lilli. »Wissen Sie was, Herr Löwenfeld? Wir verzichten auf die Rolle der Engel.«

Damit hüpften die drei von der Bühne, rafften ihre Anoraks und Taschen an sich und marschierten aus dem Festsaal.

Eine der drei donnerte die Tür ins Schloss.

21. Dezember

Die blöden Engel hatten nicht mit Linus gerechnet. Der sprang vom Klavierhocker und raste den Mädchen nach.

Löwenfeld wischte sich den Schweiß von der Stirn, die Leute vom Chor machten es sich auf dem Fußboden gemütlich, und die vom Orchester legten ihre Instrumente weg.

Wir warteten.

»Ich finde es komisch, dass Lilli, Mareike und Amanda die Engel nicht mehr spielen wollen«, sagte Paul versonnen. »Ausgerechnet die drei, die so fürs romantische Feeling gekämpft haben. Macht doch keinen Sinn, oder?«

»Ne«, bestätigte Emil, der Sohn des Pfarrers, »ich kapier's auch nicht. Weil ja eigentlich die Engel die absoluten Hauptpersonen sind. Aber die Mädchen haben das offensichtlich nicht gecheckt.«

»Wie meinst'n das?« Murat klopfte sich mit den Trommelschlegeln auf die Hand. »Ich denke, die Maria ist der Star.«

»Ja. Aber wer hätte von dem Kind erfahren? Eine Handvoll Hirten, ein paar Reisende, die zufällig in einer abgelegenen Karawanserei übernachteten. Überhaupt kommen ja dauernd irgendwo Kinder zur Welt; aber das eine Kind war eben etwas Besonderes. Bloß – wie brachte man die Story unter die Leute? Ohne Internet? Da griff man eben auf Engel zurück. Im meine: ENGEL! Die tauchten aus dem Nichts auf, waren nicht zu fassen, schwebten irgendwie herum, aber ihre Botschaft kam an. Hundertpro. Mann, stell dir vor, plötzlich stünde einer neben dir! Das haut dich um, dagegen ist ein Vampir ein Garnichts. Glaub mir das, Murat.«

Der grinste. »Echt? Hast schon mal die Bekanntschaft eines Engels gemacht?« Dann wurde er ernst. »Mensch, Emil! Willst du damit sagen, dass, wäre das Ganze heute passiert, der Wirt vielleicht die Geburt mit dem Handy gefilmt und das Video bei Youtube hochgeladen hätte?«

»Klar. Und in den ersten Stunden wäre es dann eine Million Mal angeklickt worden.«

»Und bei Facebook fünf oder zehn oder hundert Millionen Mal? Was bedeuten würde, dass die Engel 'ne frühe Form von Facebook waren: Stell 'ne Info ins Netz und du bist sicher, dass sie weltweit verbreitet wird? Echt? Mann, voll der Wahnsinn.«

Mick, der Schlagzeuger, ließ es scheppern. »Okay, wir haben's kapiert, Emil. Holt die Engel zurück, damit wir irgendwann mal Schluss machen können.«

Linus schaffte das.

Vermutlich hatte er mit Engelszungen auf sie eingeredet, denn er kam mit Lilli und ihren allerbesten Freundinnen zurück und Löwenfeld verlangte von Emil, er müsse den Mädchen das Licht aufstecken.

Emil erledigte die Aufgabe wie ein Profi, und nachdem er die drei von ihrer Wichtigkeit überzeugt hatte, wurde die Szene neu ausgearbeitet.

Die Hirten und Könige mussten sich zu den Schafen legen und wurden dadurch so gut wie unsichtbar. Die Engel standen im Vordergrund, hinter ihnen Anna, Paul und Simon, die Trompeter; der einzige Spot, den wir noch zusätzlich hatten, tauchte die Szene in güldenes Licht – und dann ging's volle Pulle los mit *In dulci jubilo* – komplett mit Chor, Orchester, Solotrompeten und Linus, der mit vollem Körpereinsatz in die Tasten griff und ein Dauergrinsen im Gesicht hatte, das garantiert Engel Lilli galt.

Dass sie, Amanda und Mareike kaum singen konnten, ging in dem Lärm natürlich unter und störte niemand.

Chris Löwenfeld war happy; er dankte Emil, der den Karren aus dem Dreck gezogen hatte, und gönnte uns eine Pause.

Yasin und ich nützten sie zwischen den Kulissen und fanden sie viel zu kurz …

Dann wurde in aller Eile unter Mithilfe der Leute vom Chor und Orchester der Teletext neu verfasst.

+ + + Ort im Nahen Osten Zentrum eines unerklärlichen Ereignisses + + + Reporter aus aller Welt treffen ein + + + Himmlische Botschaft: Wissenschaftler und Forscher uneins – Tatsache oder Fake? + + + Handynetze weltweit zusammengebrochen + + +

Dazu nahm Emil, der Nachrichtensprecher, Stellung:

Wie uns unser Sonderberichterstatter vor Ort mitteilt, treffen stündlich Besucher aus allen vier Himmelsrichtungen ein. Darunter befinden sich zur Überraschung aller auch gekrönte Häupter, die, wie es noch heute in abgelegenen Gegenden üblich ist, kostbare Geschenke mitbringen. Umso erstaunlicher ist, dass es sich bei dem Be-

schenkten um einen Säugling handelt. Und damit zurück zur Tagesschau.

Darauf probten wir die letzte Szene, die einfach war, weil Yasin, der Wirt, nur die Stalltür öffnen musste. Josef und ich mit dem Kind im Arm traten heraus, ich hielt die Puppe hoch, und wir stellten uns zu den Engeln, Hirten, Königen und Reisenden, die sich zufällig in der Karawanserei aufhielten. Das war das Zeichen zum großen Finale:

Zu Orchesterbegleitung – fortissimo! – sangen der Chor und wir auf der Bühne *We wish you a merry Christmas.*

Dazu rollten die beiden Engelchen das letzte Telex aus:

+ + + Erscheinung am nächtlichen Himmel identifiziert + + + Botschaft teilweise entschlüsselt + + + Wortlaut wie folgt: FRIEDE AUF ERDEN! + + +

Am Freitag, dem letzten Schultag vor den Ferien, war der Unterricht weitgehend ausgefallen. Unsere Deutschlehrerin las uns wie schon im vorigen Jahr eine besinnliche Geschichte vor, die uns gähnend die Minuten bis zur Pause zählen ließ.

Da stürmten wir dann raus und stellten uns um die riesige Tanne, die auch jedes Jahr mitten im Hof aufgestellt wird. Alle Schülerinnen und Schüler unseres Schulzentrums waren anwesend – minus den Leuten, die heimlich die Fliege gemacht hatten – und natürlich hielten sich die Liebespaare an den Händen. Yasin und ich gehörten dazu.

Jonas, mein Ex, stand ohne Mädchen zwischen seinen Kumpels. In seinem Gesicht zeigte sich keine Weihnachtsfreude, so grimmig, wie er guckte. Ich folgte seinem Blick … »Yasin, schau doch nur!«

»Oh-oh!« Er drückte meine Hand. »Da haben sich zwei gefunden, was?«

Wir winkten dem neuen Liebespaar zu: Lilli und Linus. Lilli, die eingebildete Gans, verzog keine Miene, aber Linus freute sich und winkte zurück.

»Endlich«, sagte ich erleichtert, »hat sie sich mit der Rolle des Engels abgefunden. Wir müssen nicht mehr aufpassen, Yasin.«

Yasin zog das Schutzengelchen an seinem Lederband aus dem Anorak und küsste es. »Für alle Fälle«, meinte er lachend, »man kann ja nie wissen!«

Ebenfalls lachend antwortete ich: »Jetzt kann nichts mehr passieren. Lilli hat sich mit ihrer Rolle abgefunden, und einen neuen Lover hat sie auch. Ich meine: Was will sie denn noch mehr?«

Eigentlich hätte Lilli glücklich sein müssen; aber das war sie nicht. Keine Ahnung, weshalb sie so rachsüchtig und boshaft war – jedenfalls hatten sie und ihre allerbesten Freundinnen meine Monatskarte geklaut. Dann hatte Jonas ihnen wohl berichtet, dass mich der Busfahrer ohne Bezahlung mitfahren ließ. Er hatte ja beobachtet, dass ich nichts bezahlt, sondern Wagner nur das Mäppchen vor die Nase gehalten hatte. Und das, das wusste er mit Sicherheit, war leer.

Darüber ärgerte sich Lilli so sehr, dass sie noch einen Schritt weiterging. Sie marschierte zu unserem Rektor und petzte.

»Mirja wurde beim Schwarzfahren erwischt. Der Fahrer will sie anzeigen, aber sie leugnet alles ab.«

Weil unser Rektor an diesem Morgen nicht wusste, wo ihm der Kopf stand, – an jedem letzten Schultag vor egal welchen Ferien dreht er durch – musste unsere Klassenlehrerin ran. Deren Nerven waren auch nicht mehr die besten, deshalb ließ sie Lilli gehen und mich kommen und nahm mich, ohne zu fragen, ob die Petzerei stimmt, in die Mangel.

»Wie kannst du es wagen, den Busfahrer zu betrügen!«

»Wie bitte?« Ich konnte kaum atmen, so geschockt war ich.

»Ich habe niemanden betrogen!«

»Immer diese Ausflüchte«, stöhnte meine Klassenlehrerin. »Die hab ich ja so satt … Gib's einfach zu, dass du ohne gültige Karte mit dem Bus gefahren bist. Nicht nur einmal, sondern sogar mehrmals, sagt Lilli. Weißt du was, Mirja? Ich bin enttäuscht von dir. Nur weil du die Maria, die Hauptrolle also, spielst und singst, heißt das noch lange nicht, dass du dir alles erlauben darfst.«

Das war der Augenblick, wo ich explodierte. »Lilli wollte die Rolle!«, rief ich empört. »Damit ich aufgebe, hat sie mir zwei Mal eine Stolperfalle gestellt. Und weil mir nix passierte, hat sie mich beklaut. Die Monatskarte hat sie aus meiner Tasche geholt, als ich

auf der Bühne stand und nichts davon mitbekam. Aber das ist noch nicht alles, Frau Zimpel! Sie hat …«

»Moment mal.« Frau Zimpel hob die Hand. »Sind das nur Behauptungen, oder kannst du beweisen, was du da sagst?«

»Als ich von der Bühne hüpfte und auf allen vieren landete, haben das alle vom Chor und Orchester mitbekommen. Einschließlich Herrn Löwenfeld.« Ich kreuzte die Arme vor der Brust. »Fragen Sie ihn. Aber wie ich schon sagte – das ist noch nicht das Schlimmste. Sie …«

»Das reicht«, sagte Frau Zimpel kurz angebunden. »Wissen deine Eltern davon?«

»Meine Mutter weiß es. Sie wollte zu Ihnen kommen, aber ich hatte etwas dagegen.«

»Und warum, wenn ich fragen darf?«

»Lilli und ihre Freundinnen hätten alles abgestritten. Ist doch klar. Und wem hätten Sie geglaubt? Na? Wetten, dass Sie auch gesagt hätten: War eben ein Unfall. Sorry. Pech gehabt. Kommt immer mal vor.«

Frau Zimpel rieb sich die Nase, stand auf und stellte sich ans Fenster. »Das war ein klarer Fall von Mobbing. Warum bist du nicht sofort zu mir gekommen?«

»Tja … Erstens ist es peinlich, wenn man plötzlich ein Opfer ist. Und zweitens … also zweitens entwickelt sich Mobbing langsam. Bis man checkt, was Sache ist, steckt man schon mittendrin. Aber Frau Zimpel, Sie müssen sich keine Vorwürfe machen; mein Freund hat mich zwar wegen Lilli im Regen stehen lassen. Dafür hab ich einen Neuen. Einen, der in mich verliebt ist, obwohl ich nicht die Schulqueen mit der rotgoldenen Mähne bin.«

»Gratuliere.« Frau Zimpel drehte sich vom Fenster weg. »Wer ist denn der Glückliche?«

»Also wirklich!«, rief ich. »Alles brauchen Sie nicht zu wissen!«

Am Nachmittag probten wir noch einmal die Schlussszene wegen des großen Finales, dann wurden wir Sänger entlassen.

Yasin und ich bummelten ein zweites Mal über den Weihnachtsmarkt, dabei fiel mir ein, dass ich noch kein einziges Geschenk besorgt hatte. »Mit leeren Händen unterm Christbaum? Also das geht gar nicht«, jammerte ich.

Yasin half mir, für Leonie ein rosa Schminkset auszusuchen und für meine Mutter das neueste Kochbuch von Jamie Oliver. Das genialste Geschenk fanden wir aber für meinen Vater. Es war ein Ratgeber mit dem Titel:

»So vermeiden Sie selbst die raffiniertesten Liebesfallen«

Dann fehlte mir nur noch das Geschenk für Yasin.

Damit er nichts mitbekam, ließ ich mich von ihm zum Bus begleiten. Dort küssten wir uns ausgiebig, ich stieg ein, winkte ihm, der Bus fuhr an, ich stürzte vor zu Wagner und schrie: »Die Medizin! Ich hab die Medizin vergessen! Himmel – halten Sie an! Ich muss in die Apotheke!«

22. Dezember

Ich raste zum Weihnachtsmarkt zurück und bis zu dem Stand, wo die schönsten, aus Holz geschnitzten Krippenfiguren angeboten wurden. Dort konnte ich mich lange nicht zwischen einer knienden und einer stehenden Maria entscheiden. Schließlich nahm ich die Stehende, weil eine Kniende immer so was Demütiges hat. Außerdem hatte sie keinen Heiligenschein, den ich sowieso blöd finde, und das Kind hielt sie sehr liebevoll im Arm.

Als ich mit Yasins Geschenk an der Haltestelle ankam, fuhr gerade der Bus weg. Ich rannte ihm hinterher, er hielt an der Rotampel, ich schlug mit den Fäusten ans Blech – und Wagner öffnete. Glück muss der Mensch haben!

Als ich auf unser Häuschen zuging, fiel das Licht aus dem Küchenfenster auf den Weg, ich holte den Schlüssel aus der Tasche meines Anoraks, und wie ich aufschließen wollte, entdeckte ich das über der Tür baumelnde Päckchen.

»Nicht schon wieder!«, stöhnte ich und riss es ab.

Als ich es abtastete, nahm ich einen Schatten in der Ecke wahr, der sich bewegte. »Hallo? Ist da wer?«

Ein bisschen Schiss hatte ich ja schon, aber dann spurtete ich los. »Jonas! Was tust du denn hier?«

Der Kerl starrte zu Boden und brachte keinen Ton heraus. Ich riss die Verpackung auf, und was hielt ich in den Händen? Meine Monatskarte für den Bus und ein kleines Schokoherz, maximal fünf Zentimeter groß. »Hast du mir die Karte zurückgebracht? Sauber, sauber … Aber was soll das Herz? Hast es wohl irrtümlich dazugepackt, was?«

»Ne«, sagte Jonas, der Feigling.

»Wie soll ich das verstehen?«

»Hab mich getäuscht, Mirja. Sorry.«

»Sorry?«, wiederholte ich. »Soll das heißen, du entschuldigst dich?«

Er nickte heftig. »Ich war ziemlich blöd.«

»Kann man so sagen.« Ich steckte die Monatskarte ein und drückte ihm das Herz in die Hand. »Vergiss es. Ich war auch blöd. Hab mich in dich verliebt, obwohl du ein so fieser Feigling bist. Na ja, jetzt weiß ich es.« Damit rannte ich ins Haus und fühlte mich einfach wunderbar.

Nicht nur ich fühlte mich wunderbar; meine Mutter hatte auch Glück gehabt: Sie hatte ja Geier gekündigt, und der Esel hatte nichts Besseres zu tun, als die frei gewordene Stelle ins Internet zu stellen. Worauf meine Mutter schon um elf Uhr am Vormittag ein Angebot bekam – vom Manager des besten Hotels. Direkt am Schilift gelegen, mit traumhaftem Wellnessangebot und allerbester Küche war krankheitsbedingt eine Stelle frei geworden. Sie fuhr hin, stellte sich vor – und bekam sie!

Klar, dass wir feierten!

Am Samstagmorgen wusch ich meine Haare und erschien pünktlich um zehn im Festsaal zur Hauptprobe mit Kostümen.

Die Leute von der Kunst-AG hatten sich einigermaßen ins Zeug gelegt: der Josef bekam eine speckige Lederhose, ein kariertes Hemd aus dickem Flanell und ein Hütchen mit Feder, über das man nur lachen konnte. Für mich hatten sie ein weißes Oma-Nachthemd rostrot gefärbt, über dem ich einen blauen Umhang tragen sollte. Zusammen mit meinem dicken Kissen-Bauch sah das furchtbar aus; ich weigerte mich, die Sachen auch nur anzurühren. »Ihr wollt mich zur Vogelscheuche machen!«, brüllte ich entsetzt. »Ohne mich!«

Ich sah, dass Yasin und Murat tuschelten; dann rannte Murat los, und Yasin sagte zu dem Mädchen, das für die Kostüme verantwortlich war, eine olivfarbene Haut hatte und Yasmin hieß: »Die Geschichte spielt doch im Morgenland, ja? Also, wir sind Türken und haben zu Hause ein super-türkisches Kleid. Mein Bruder holt es gerade. Solange kannst mir ja die Klamotten verpassen, okay? Ich bin der Wirt.«

»Na ja«, meinte Lisa aus der Elften, »du kannst bleiben, wie du bist – Jeans, T-Shirt, alles in Ordnung. Nur die Schürze fehlt noch. Hier!« Damit band sie ihm ein schwarzes bodenlanges Ungetüm um den Bauch, das in fetter grellgelber Schrift verkündete *I'm CHEF*

Yasin kratzte sich am Kopf.

»Ist was?«, erkundigte sich Lisa genervt.

»Im Morgenland laufen die Wirte irgendwie anders herum. Musst du doch wissen, oder? Ich wünschte …«

»Hör zu«, sagte Lisa, »für Wünsche ist's jetzt zu spät. Hättest dich früher um dein Kostüm kümmern sollen, okay?«

Yasin richtete sich auf. »Okay«, bestätigte er gefasst.

Die Engel waren im Glück; die hatten wunderschöne weiße Gewänder aus dem Theaterfundus der Stadt, komplett mit weißen Daunenflügeln und goldenem Heiligenschein. Dazu trugen sie weiße Strümpfe und weiße Ballerinas – alles vom Feinsten, echt. Amanda und Mareike hatten weiße Walleperücken verpasst bekommen, Lilli hatte darauf verzichtet, weil sie auf ihre rotgoldene Mähne stolz war und die besser fand.

Die Hirten trugen das, was sie bei uns auf dem Land immer tragen, also Jeans, Hemd und Pulli und dicke Wanderstiefel. Die meisten hatten sich die Wanderstöcke ihrer Großeltern ausgeliehen, nur einer behauptete mal wieder, der mit dem Knubbel hätte seinem Urgroßvater gehört.

Der Hit waren dann aber die drei Könige. Die durften nämlich in ihrer traditionellen Landestracht auf die Bühne: der kleine Lit aus Vietnam in schwarzer weiter Hose, einem losen Hemd samt flachem Strohhut. Emir erschien in weiter weißer Hose mit langem weißem Hemd drüber und keinem Hut. Nur Kagiso hatte kein Gewand von seiner Verwandtschaft in Afrika organisieren können und trug grinsend nichts außer einem Leopardenfell aus Kunstfaser. Die Nachrichtenengelchen kicherten: »Hast wenigstens eine Hose drunter?«

Das Mädchen aus der Elften kam dann mit den Geschenken an. Kagiso bekam ein schwarzes Kästchen, Emir ein rotes, und Lit ein Säckchen mit einem riesigen Dollarzeichen darauf.

Emil, der Sohn des Pfarrers und unser Nachrichtensprecher, hatte seinen Konfirmandenanzug samt weißem Hemd und grauer Fliege aus dem Schrank geholt. Er sah wahnsinnig korrekt aus, obwohl ihm die Hosenbeine und die Ärmel etwas zu kurz geworden waren. »Macht nichts, ich sitze ja am Tisch«, entschuldigte er seinen Aufzug.

Für die Säuglingspuppe hatte mir meine Mutter ein weißes Mützchen und einen Strampelanzug mitgegeben. Da Leonie und ich Mädchen sind, war der leider rosa, weshalb ich mein Kind in eine weiße Windel hüllen musste.

Dann kam Murat mit einer großen, sehr schicken lila Pappschachtel zurück. Yasin und er zogen mich in einen Abstellraum, der uns als zusätzliche Umkleidekabine diente. Behutsam legte Yasin die

Schachtel auf den Boden – einen Tisch oder Stuhl gab es nicht – hob den Deckel, entfernte etliche Lagen Seidenpapier, fasste mit spitzen Fingern das Gewebe an – und hielt ein atemberaubend schönes Hemd mit goldbestickten Borten am Ausschnitt und Saum hoch.

»Reine Seide«, hauchte Murat andächtig und holte das zweite Stück aus dem Karton. Es war eine Tausend-und-eine-Nacht-Hose, die ich so nur im Fernsehen gesehen hatte: sie war weit, doch die Stofffülle wurde unten an den Knöcheln mit derselben goldbestickten Borte zusammengehalten, wie sie sich auch am Hemd zeigte.

Ich traute mich kaum, nach den Kleidungsstücken zu greifen. »Wie schön! So orientalisch! Soll ich das etwa anziehen?«

»Genau deshalb hat Murat es ja auch geholt. Weil«, erklärte Yasin, »die Geschichte ja im Orient spielt, wo Frauen solche Hemden und Hosen tragen.« Er legte den Kopf schief. »Auf einer Wanderung nicht, aber so genau müssen wir uns ja nicht ans Script halten. Also mach schon; zieh dich um.«

Ich schlüpfte in die hellblaue Seidenhose, darüber kam das lose bestickte Gewand mit seitlichen Schlitzen. Yasin legte mir dann noch ein hauchfeines Tuch über die Haare, und Murat ließ mich in wunderschön mit Perlen und Glasstäbchen bestickte Pantöffelchen mit aufgebogenen Spitzen schlüpfen. Als ich mich vor den Spiegel stellte, blickte mir eine Prinzessin aus dem Morgenland entgegen.

»Phänomenal sehe ich aus. Voll der Wahnsinn«, flüsterte ich und stopfte widerstrebend das dicke Kissen in den Hosenbund.

»Meine Mirja«, sagte Yasin und strich zärtlich über meinen dicken Bauch.

Ein Junge aus der Zehnten, den ich nur vom Sehen kannte, glättete meine Haare, bis sie wie Seide über die Schultern fielen, und schminkte mir die Augen mit einem Kholstift – total geheimnisvoll sahen sie aus, und als ich in voller Pracht auf die Bühne kam, trampelten alle und riefen »Uuuuhhh!«. Alle außer Lilli und Co. natürlich.

Die Leute, die man für die Wimmelbilder brauchte, traten mehr oder weniger in Wanderkleidung auf: Jeans und Pullis eben.

Dann klatschte Chris Löwenfeld in die Hände, und die Hauptprobe begann.

Nichts klappte.

Der Chor verpatzte so gut wie jeden Einsatz, Mick, der Schlagzeuger, hielt den Takt nicht, die Flöten waren verstimmt ... und wir auf der Bühne hatten entweder den Text vergessen, standen an der falschen Stelle oder sangen unsauber. Chris kam mit dem Schweißabwischen nicht nach – es war die Hölle.

Irgendwann saßen die Rektoren aller Schulen und etliche Lehrer im Saal, die dann auch noch ihren Senf dazugaben – ich glaube, Chris Löwenfeld verfluchte seine Idee: Ein Weihnachtsmusical konnte einfach nicht klappen. Nie im Leben.

Wir waren alle deprimiert, als er endlich Schluss machte und sagte: »Alte Bühnenweisheit: Wenn die Hauptprobe im Chaos endet, wird die Aufführung ein voller Erfolg.«

Emil murmelte so laut, dass alle es hören musste: »Wer's glaubt ...«

Als ich mein tolles Märchenprinzessin-Kleid auszog, kamen Lilli und ihre allerbesten Freundinnen herein. »Also in dem komischen Fetzen würde ich keinen Schritt auf die Bühne machen«, sagte Lilli, griff nach dem Schleiertuch und hielt es sich an die Nase. »Igitt! Wie riecht das denn?«

Der Geruch war mir auch aufgefallen. Er war fremdartig, nicht süß, eher würzig und ganz unbekannt.

Da streckte Yasin den Kopf zur Tür herein. »He, Mirja, bist du fertig?«

»Hättest die Klamotte zum Auslüften ins Freie hängen müssen«, sagte Lilli höhnisch. »Den Gestank hält ja kein Mensch aus.«

»Gestank?« Yasin hielt den Schleier an die Nase und atmete den Geruch genießerisch ein. »Wir, die Wilden aus dem Morgenland, schützen unsere wertvollen Gewänder mit Weihrauch, Myrrhe und Sandelholz. Du Arme kennst eben nur die Mottenkugeln aus dem Drogeriemarkt. Kann man machen nix, ist Schicksal.«

Vorsichtshalber faltete ich mein Gewand aus Tausendundeiner Nacht sorgfältig zusammen, verstaute es in einer Tüte und nahm es mit, bevor Lilli und Co. auf dumme Gedanken kommen konnten.

Dann hängte ich mich bei Yasin ein. »Wem gehört das Kleid?«

»Es ist schon ziemlich alt und gehört allen Frauen unserer Familie. Murat sagt, freiwillig hätte er es nie und nimmer bekommen; er hat es heimlich mitnehmen müssen. Also, pass gut darauf auf.«

»Mache ich. Ich hab's ja dabei.« Ich dachte nach. »Kommt deine Familie zur Aufführung?«

»Sicher. Ich als Wirt und mein Bruder Murat an der Trommel! Das lassen sich meine Eltern nicht entgehen.« Yasin lachte.

»Dann kann ich das Gewand nicht tragen!«, rief ich.

»Keine Sorge. Wenn du es sauber zurückgibst, freuen sie sich sogar, wenn sie's mal auf einer deutschen Bühne sehen.«

»Sicher? Obwohl sie es nicht ausgeliehen hätten. He Mann, das passt nicht zusammen.«

»So sind meine Leute eben. Mach dir bloß keinen Stress.«

Eigentlich machte ich mir keinen Stress, aber weshalb ich in dieser Nacht so mies schlief, musste mit dem Märchengewand und Yasins strengen Eltern zu tun haben. Tatsache war, dass ich am Morgen wusste: Ich hatte vor Aufregung kein Auge zugetan.

23. Dezember

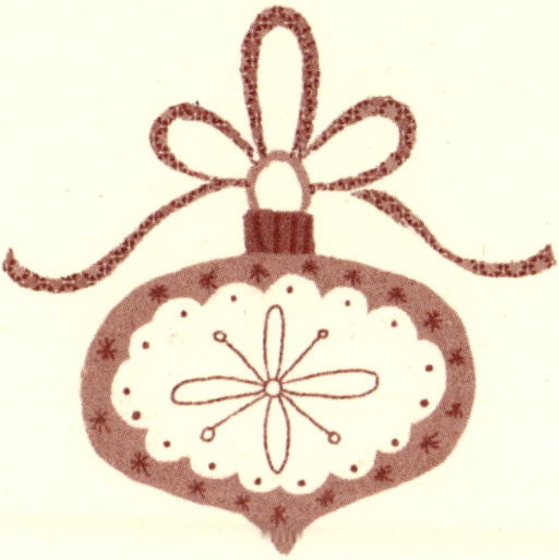

Sonntag, 13 Uhr: Geduscht, mit gewaschenen Haaren, aber leerem Magen, weil ich vor Aufregung keinen Bissen heruntergebracht hatte, die schicke lila Pappschachtel mit dem Tausendundeine-Nacht-Gewand unterm Arm, kletterten zuerst ich, dann meine kleine Schwester ins Auto meiner Mutter, die uns ins Schulzentrum fahren musste.

Als ich mich angeschnallt hatte und der kostbare Karton sicher auf meinen Knien lag, kam uns Jonas entgegen. Was blieb meiner Mutter übrig?

Sie musste ihm wohl oder übel eine Mitfahrgelegenheit anbieten.

Der Typ war Luft für mich, und auch meine kleine Schwester, die auf dem Rücksitz neben ihm saß, ignorierte ihn total. Meiner Mutter war das Schweigen peinlich.

13.15 Uhr: Wir erreichen das Schulzentrum, meine Mutter sucht einen Parkplatz, findet keinen, lässt mich und Jonas aussteigen. Yasin steht am Eingang zur Festhalle, zieht die Augenbrauen hoch, wie er mich und Jonas sieht, sagt zu ihm: »Du schaust ja total fertig aus, Josef. Hast dir nicht mal die Haare gewaschen? Mann, mit den fettigen Haaren machst du keine gute Figur auf der Bühne.«

»Fettig? Das ist Gel, du Idiot!«

»Echt? Ne, das glaube ich jetzt nicht.« Yasin fährt mit beiden Händen durch Jonas' Haare. Der jault auf und haut ab.

Yasin nimmt mir den lila Karton aus den Händen und zieht mich in eine ruhige Ecke.

»Mach dich auf etwas gefasst, Mirja«, sagt er mit verschwörerischer Miene. »Du weißt doch, ich will's dem Trottel, dem Josef, heimzahlen. Und den drei Hexen auch. Also – ich hab mir da was ausgedacht – «

»Was Schlimmes?«

»– nix Schlimmes«, beruhigt er mich sofort. »Im Gegenteil, es ist etwas Lustiges. Also mach dir keinen Kopf, hörst du? Du darfst mir nur nicht die Show verderben. Du musst mitspielen. Musst so tun, als wäre dir das Script bekannt. Schwörst du mir das? Ich verlasse mich auf dich.«

»Mann … Ich weiß nicht, ob ich das kann. Ich bin schon jetzt aufgeregt wie nur was«, jammere ich.

»Du kannst das, Mirja«, sagt Yasin eindringlich. »Du bist mutig und selbstbewusst und geistesgegenwärtig und überhaupt ein tolles Mädchen. Deshalb hab ich mich ja auch in dich verliebt, Mirja! Sag, dass du mir die Show nicht verdirbst.«

Ich atme tief ein und tief aus. Dann hebe ich drei Finger. »Ich schwöre!«

»Gut so«, meint er zufrieden. »Da ist noch was: Du darfst auf keinen Fall lachen. Egal, was du hörst und siehst – lach nicht.«

»Ich schwöre! Noch etwas?«

»Ja. Ich hab das Script ein winziges Bisschen verändert. Das betrifft aber keinesfalls dich. Du spielst und singst und bewegst dich genauso, wie wir es geprobt haben. Komm nicht durcheinander. Überlass alles mir. Schwöre!«

Zum dritten Mal hebe ich die Finger. »Ich schwöre!«

»Super. Alles wird gut. Der Chor ist gut, das Orchester auch, wir Solisten spielen eins a, Löwenfeld hat alles im Griff – nichts kann schief gehen. Wirst´s sehen, das Musical wird ein voller Erfolg.« Er packt mich und spuckt dreimal über meine linke Schulter. »Das bringt Glück, Mirja!«

13.30 Uhr Chorprobe. *Jingle bells* und *We wish you a merry Christmas* und *In dulci jubilo.*

Orchesterprobe: die Eingangsmusik frei nach der Eurovisionsmelodie.

14.20 Uhr Probe: Mein Solo. Dann umziehen. Im Abstellraum ist's wahnsinnig eng und wahnsinnig heiß. Lilli, Mareike und Amanda brezeln sich auf bis zum Gehtnichtmehr. Spotten über das hellblaue Gewand. Das Kissen rutscht. Und rutscht. Anna zieht den Gürtel aus ihrer Jeans, legt ihn um meinen Rücken und das Kissen, zieht ihn stramm. Meine Hände sind feucht. Meine Lippen, der ganze Mund saharatrocken. Kann garantiert nicht singen! Bekomme einen Schluckauf. Und Magendrücken.

Der Junge aus der Zehnten, Nick, schminkt mich. Sagt, er fasse eine Laufbahn als Visagist ins Auge. Was'n das?

Jemand schreit: »Der Saal ist knallvoll! Die Leute schleppen Extrastühle ran!«

Noch zehn Minuten. Blick in den Spiegel. Schock – bin das ich, die Mumie?

Und dann … dann…

Es war später Abend, als wir um den Tisch herum saßen, auf dem die vier Kerzen am Adventskranz leise flackerten: Vater, Mutter, zwei Töchter in Schlafanzügen. Ma hatte mir einen Kakao gekocht – zum Runterkommen, wie sie sagte – und wie immer passte ich auf, dass sich keine Haut bildete.

»Großes Ehrenwort«, sagte ich und rührte den Kakao um. »Niemand wusste davon.«

Paps legte den Arm um mich und zog mich an sich. »Du hast das ganz, ganz toll hingekriegt. Ich bin stolz auf dich, Mirja. So geistesgegenwärtig, wie du reagiert hast – alle Achtung. Hut ab.«

»Na ja … danke.«

Meine Ma hielt ein Tannenzweiglein in eine Flamme; es prasselte ein bisschen, dann stieg mir der würzige Duft der glimmenden Nadeln in die Nase. »Aber warum?«, wollte sie wissen. »Warum hat er ausgerechnet bei der Aufführung das Script geändert? Tollkühn war das; er hat den totalen Flopp riskiert.«

Wo Ma recht hatte, hatte sie recht. »Stimmt. Hat er.«

»Wenigstens dich hätte er einweihen sollen«, meinte sie dann.

Als wir heimgekommen waren, war ich furchtbar aufgedreht gewesen; inzwischen fühlte ich eine Lässigkeit, die sehr angenehm war. »Ich wäre ausgeflippt«, sagte ich. »Ich hätte nicht singen und nicht schauspielern können; dazu wäre ich viel zu … nervös gewesen. Ne, er hat das einfach gut gemacht.«

»Oh Mann.« Meine kleine Schwester verdrehte sehnsuchtsvoll die Augen. »Ich wünschte, er wäre mein Freund. Warum bist du älter als ich? Meinst du, es gibt auf der ganzen Welt noch einen zweiten Jungen, der so ist wie er? Weil – dann warte ich auf den.«

»Okay. Mach das. Die Frage ist nur, wie du ihn findest.« Ich lächelte Leonie an. »Da fällt mir ein: Er hat einen jüngeren Bruder. Wie wär's mit dem? Er heißt Murat.«

»Blödsinn«, sagte unser Paps. »Leonie ist erst neun Jahre alt. Sie ist noch ein KIND!«

Leonie schlug die Augen nieder. »Och, Paps. Was weißt du schon von Liebe?!«

Darauf lachte Ma so sehr, dass sie sich verschluckte und Pa hastig zum Thema Weihnachtsmusical zurückkehrte. »Wer war denn der Junge am Klavier? Er konnte vorzüglich spielen.«

»Das war Linus; er will Musiker werden. Aber bevor du mich über die Leute aus dem Chor und Orchester ausfragst – es war ein Gemeinschaftsprojekt aller Schulen.«

»Aha. Tolle Leistung von diesem Musiklehrer. Wie hieß er noch?«

»Chris Löwenfeld.« Ich gähnte. Auf einmal war ich sehr müde. »Ich muss ins Bett. Paps, feierst du Heilig Abend mit uns?«

Er zögerte. »Wenn deine Mutter nichts dagegen hat …?«

Ich musste schon wieder gähnen. »Okay. Macht das unter euch aus. Gute Nacht.«

Als würden Sandsäcke daran hängen, so schwer fühlten sich meine Beine an, als ich die Treppe hochging. Ich kroch ins Bett, streckte mich wohlig aus, zog die Decke hoch bis zur Nasenspitze, machte die Augen zu – und im Nu war ich hellwach und erinnerte mich an jede Einzelheit: an den rappelvollen Saal. An die Leute, die nur noch einen Stehplatz bekamen. An die kleinen Fünfer und Sechser, die ihren Familien zuwinkten. An Pa, der fast zu spät gekommen war und sich ganz selbstverständlich zwischen Ma und Leonie setzte. An Nick aus der Zehnten, der ständig mit seinen Schminkpinseln unser Make-up nachbesserte und uns schrecklich damit nervte. An unseren Kaiser Augustus, dem der Lorbeerkranz immer über die Augen rutschte, bis Nick auf den genialen Einfall kam, ihn mit etlichen Streifen Tesafilm aufs Haar zu kleben. An die Wimmelbildleute, die noch nervöser waren als wir, die Solisten. An den Leiterwagen, bei dem sich kurz vor Beginn der Aufführung ein Rad löste. An Lilli, Amanda und Mareike, die, wir konnten's nicht fassen, in der Behelfsgarderobe ihre Stimmen schmierten, indem sie Tonleitern rauf und runter sangen. An Jonas, der mich hinter der Bühne abpasste. »Bist du das wirklich, Mirja? Mann, du bist eine echt schöne Maria.« Und dann rumeierte, bis er rausließ, was Löwenfeld ihm eingeschärft hatte: »Du bist zu deiner Maria so charmant wie versteinertes Holz. Mann! Das ist DEINE Maria, und die bekommt ein KIND! Also verhalte dich entsprechend, oder ist dir Mirja so zuwider, dass du gar nicht anders kannst?« Ich erinnerte mich auch daran, dass ich ihn anguckte, als wäre er eine eklige Küchenschabe. »Verstehe. Es wäre dir lieber, wenn Lilli die Maria spielen würde.«

Und wie Jonas gequält aufjaulte: »Ich weiß ja nicht mal, wie das mit der Lilli gekommen ist! Ich war echt verliebt in dich, Mirja …«

Und wie er dann stotterte: »U… u… und i… ich bin's noch immer. Ehrlich, Mirja.«

Ich lächelte in die Dunkelheit, als ich mich daran erinnerte, was ich dann zu meinem Ex sagte. »Ach! Weil du in mich verliebt warst, hast du Trottel alles getan, was die liebe Lilli von dir verlangte? Mann, das waren echt tolle Liebesbeweise!«

Und wie er noch mehr aufjaulte: »Ich hab dir deine Monatskarte für den Bus zurückgebracht!«

»Die mir deine Süße geklaut hatte. Schon vergessen?«

Und er dann so richtig hitzig sagte: »Ja, ich war ein Trottel, ja, ich hab mich mies benommen. Aber jetzt … also inzwischen … ich hab ja kapiert, dass Lilli um jeden Preis die Maria spielen wollte …«

»Sie wollte dich auf der Bühne küssen. Vor allen Leuten.«

»Ja.« Jonas streckte die Hand nach mir aus. »Küssen wir uns, Mirja? Ich bin dein Josef, weißt du …!«

Und wie Yasin plötzlich neben mir stand und Jonas anbrüllte. »Nimm deine dreckigen Pfoten von meiner Maria!«

Und Jonas zurückwich und stammelte. »So war das nicht gemeint.« Und ich ein für alle Mal kapierte, dass der Kerl ein mieser kleiner Feigling war, der sich im letztmöglichen Augenblick bei mir einschleimen wollte, nur damit er auf der Bühne groß rauskommen würde. Josef der Fürsorgliche. Josef, der die Maria zärtlich küsst. Pfui Teufel aber auch!

Und wie Yasin ihn auch durchschaute – schon längst durchschaut hatte. Denn natürlich hatte er das, was dann auf der Bühne ablief, längst geplant.

Das wusste ich da aber noch nicht.

Jedenfalls machte Yasin den Jonas zur Schnecke. »Und wehe, du küsst die Maria! Dich Mistkerl schubse ich eigenhändig von der Bühne, nur dass das klar ist. Egal, wenn der Saal tobt – das hast du dir dann verdient!«

Wie dann Yasin mich in die Arme nahm und küsste und plötzlich Nick mit seinen Pinseln und Farben auftauchte und ihn wegstieß: »Du Esel du! Du vernichtest mein schönes Make-up!«

Wie Nick jammerte. »Alles verschmiert! Komm Mirja, das muss in Ordnung gebracht werden. Halte still und verzieh bloß nicht das Gesicht, wir haben nicht mehr viel Zeit!«

Wie Jonas abschlich und Yasin zuguckte und für Nick den Farbkasten hielt. Yasin, der das Lederband mit meinem Schutzengelchen für alle gut sichtbar um den Hals trug, der nichts von Jeans und Hemd und schwarzer Schürze hielt, sondern in einem langen weißen Gewand erschienen war, komplett mit weißem Tuch auf dem Kopf, das von einem schwarzen Reif gehalten wurde. Und der sich mit Hilfe etlicher Kissen einen gewaltigen Bauch zugelegt hatte, um den er einen Gürtel mit geschätzten hundert Schlüsseln geschlungen hatte, womit er einen Chef darstellte, dem man die Leitung einer Karawanserei auf Anhieb abnahm.

Tja.

Ich erinnerte mich auch daran, dass ich vor Aufregung schwitzte, dass August, der Kaiser, immer noch Probleme mit dem rutschenden Lorbeerkranz hatte, weil die Tesafilmstreifen leider schlappmachten. Dass Landkarten verloren gingen und Handys verlegt wurden. Dass Kagiso den Beutel mit dem riesigen Dollarzeichen nicht finden konnte und Mareike plötzlich in Tränen ausbrach, weil sie meinte, ihre Stimme verloren zu haben.

Ich erinnerte mich auch an die beiden Engelchen, die klagten, eine Telex-Rolle sei gerissen und müsse geklebt werden. Wie dann festgestellt wurde, dass kein Tesafilm mehr da war, aber jemand mit einem Tacker ankam, sodass das Malheur glücklicherweise behoben werden konnte.

Wie dann auch noch Emil durchdrehte, weil jemand die nicht nummerierten Blätter seines Texts durcheinandergebracht hatte und er in der Hektik die Reihenfolge nicht hinbekam und Yasin mal wieder als Retter in der Not von Nick einen Lipliner verlangte und die Sache in Ordnung brachte.

Wie dann Löwenfeld zu uns kam und jedem Einzelnen über die linke Schulter spuckte, weil das Glück brachte, und versicherte: »Alles geht gut, alles wird gut!«

Und wir es nicht fassen konnten, wie viele Leute unser Musical sehen und hören wollten – die ganze Stadt war gekommen!

Ich dachte daran, wie es plötzlich ruhig wurde, wie nur einmal noch jemand hustete, und wie dann das Orchester einsetzte.

24. Dezember

Als ich am Morgen des 24. Dezembers aufwachte, sickerte schon die graue Morgendämmerung durch die Vorhänge. Ich hörte Leonies Atmen, sah auf den Wecker – es war kurz vor neun. Ich hatte sehr lange geschlafen, doch im Haus rührte sich noch nichts, also waren meine Eltern auch noch im Bett. Ich setzte mich auf, strich die Haare aus dem Gesicht … und tastete nach der kleinen Maria aus Holz, die ich heute Yasin schenken würde, und nahm sie in die Hand.

Yasin, meinem Freund.

Yasin, dem Teufelskerl.

So hatte Löwenfeld ihn nach der Aufführung genannt: Teufelskerl. Das kam so:

Yasin erschien in seinem weißen orientalischen Gewand samt dickem Kissenbauch und behauptete steif und fest, so und nicht anders wäre der Wirt und Chef einer Karawanserei gekleidet. Löwenfeld zog zwar die Augenbrauen hoch, aber weil Kagiso und Emir Yasin unterstützten, nickte er das Kostüm ab, checkte, wie wir anderen aussahen und widmete sich den Problemen, die vor der Aufführung plötzlich aufgetaucht waren.

Dann, weil immer noch Eltern, Geschwister, Tanten, Onkel, Großmütter und -väter und sogar etliche Urgroßeltern ankamen und zusätzliche Stühle organisiert werden mussten, begann unser Musical mit exakt zwanzig Minuten Verspätung. Löwenfeld sagte: »Bitte alle Handys ausschalten und Eltern mit kleinen Kindern setzen sich nahe an die Tür« – erfahrungsgemäß konnten die nämlich zu heulen beginnen, oder sie mussten aufs Klo.

Dann trat Emil, der Nachrichtensprecher, im geschrumpften Konfirmandenanzug auf, die Engelchen rollten das Nachrichtenband ab, was allgemeine Erheiterung hervorrief, Kaiser Augustus schickte die Einwohner seines Landes in die Orte, in denen sie geboren waren und schubste dabei ständig den Lorbeerkranz hoch … das Musical nahm seinen Lauf. Der Chor verpatzte keinen einzigen Einsatz, und wenn ein Instrument mal aus dem Takt kam, haute Linus einfach kräftiger in die Tasten und der Kittel war geflickt.

Alles lief bestens. Jonas gab den fürsorglichen Josef, aber wenn er meine Hand zu zärtlich drückte, funkelte ich ihn wütend an. Dann kam die Wanderszene, wo ich in dem Leiterwägelchen sitzen musste, dann sangen wir und der Chor *I'll be home for Christmas*, die Leute im Saal sangen sogar mit, dann wurde der Vorhang zugezogen und die Kulissen der Karawanserei kamen auf die Bühne.

Meine Aufregung hatte sich völlig gelegt; ich freute mich jetzt auf die Herbergssuche und das Lied *Wer klopfet an* und konnte es kaum erwarten, bis das Telex durchgelaufen war und Emil die Nachrichten durchgegeben und *damit zurück zur Tagesschau* gesagt hatte.

Als die Zuschauer die Kulisse sahen, staunten sie nicht schlecht – jemand rief sogar »Bravo«! Die meisten guckten aber ins Programm, denn da hatte Löwenfeld eine Erklärung eingefügt:

Herberge-Karawanserei
Massive, meist quadratische Wehranlagen mit einem großen Innenhof, um den die Gebäude standen, wurden Karawanserei (persisch) genannt. Im Erdgeschoss waren die Ställe, Warenlager und Läden, im Obergeschoss die Quartiere der Reisenden.
Der Abstand von einer K. zur anderen betrug 30–40 km, was dem Tagespensum einer Karawane entsprach. In einer K. konnten Reisende mit ihren Tieren und Waren sicher nächtigen, sowie ihren Proviant ergänzen. (nach Wikipedia)

Das große Tor der Karawanserei war geschlossen.

Josef und ich (nicht mehr im Leiterwägelchen) kamen aus den Kulissen und gingen ganz langsam auf die Herberge zu. Dort klopfte Josef mit seinem Stock ans Tor. Einmal, zweimal. Nichts tat sich. Dann ein drittes Mal.

Das Tor öffnete sich. Es quietschte (Pauls Trompete). Man sah die Leute aus dem Wimmelbild, die Stoffballen, Kisten und Kästen. Das Tor öffnete sich weiter und weiter. Der Wirt erschien und hinter sich her zog er eine Ziege. Die meckerte.

Mir blieb die Spucke weg – woher hatte er das lebendige Tier? Wie und wo hatte er es versteckt, ohne dass Löwenfeld und wir davon erfuhren? Dass unser Musiklehrer die Ziege zum ersten Mal zu Gesicht bekam, war offensichtlich.

Yasin zwinkerte mir zu und rappte: »*Wer klopfet an …*«

Das Lied nahm seinen Lauf, die Ziege hielt fröhlich meckernd mit,

und je länger ich sang, desto freier wurde ich, bis ich zum Schluss schmetterte:

»Oh Freund! Wohin? Wo aus?«

Und der Wirt mir antwortete: *»Ein Viehstall dort!«*

Die eine Seite der Karawanserei wurde weggeschoben; jetzt hatten die Zuschauer freien Blick auf den Stall, aus dessen Halbfenster zwei Pferdeköpfe (aus Sperrholz ausgesägt – Produkt der Kunst-AG) blickten.

Der Wirt ging voran, Josef und ich folgten ihm, und ich sang: *»Oh, wohl ein schlechter Ort!«*

Ich gab die Verzweifelte, sank auf die Knie und rang die Hände.

»Ei«, rappte Yasin, *»der Ort ist warm, hat gutes Heu ...«*

Ich stutzte; das stand so nicht im Text, aber Yasin rappte munter weiter, während er mich liebevoll hochzog und den freien Arm um meine Schultern legte:

»Geh, Maria, nur hinein, es wird 'ne feine Herberg' sein.«

Dem Script nach hätte ich den beiden ohnmächtig vor die Füße sinken sollen, aber irgendwie passte das jetzt nicht mehr so richtig. Yasins Arm lag auf meinen Schultern, Josef stand einfach so herum, und die Ziege meckerte wie wild. »Sch«, machte der Wirt und zog an ihrem Strick. Aber das Tier verstand ihn nicht; er schüttelte den Kopf, sagte ganz laut: »Es ist eine gefräßige Ziege« – und zauberte aus einer Falte seines weißen weiten Gewands ein Büschel Heu, das er der Ziege vor die Nase hielt. Erfreut stellte sie das Meckern ein, und während sie die Halme mit Genuss verputzte, band er ihren Strick an seinen Gürtel, an dem schon die geschätzten hundert Schlüssel der Karawanserei hingen.

Die ganze Zeit über hatte sein Bruder Murat leise die Trommel geschlagen. Jetzt nickte Yasin seinem Bruder zu, der erhöhte das Tempo und die Lautstärke, Yasin stemmte die Fäuste in die Hüften und rappte:

Das Stroh ist weich und rein
Für dein Bett so fein
Ich sorg für dich
Um's Kindlein klein
Maria mein
Es warten die Tiere

S' sind mehr als nur viere

Sie sorgen sich all

Nur …

Mit atemloser Spannung hatte ich Yasins Rapp verfolgt. Jetzt öffnete er die Tür zum Stall und schob mich davor. Im nächsten Augenblick baute er sich mit finsterem Gesicht vor Josef auf, bohrte seinen Zeigefinger in dessen Bauch und brüllte, dass die Kulisse wackelte:

…du Rindvieh, kommst mir nicht in den Stall!

Auf keinen Fall!!!

Mit einer Hand zog er den Strick von seinem Gürtel, mit der anderen schob er mich in den Stall.

Natürlich lugte ich hinaus; um nichts in der Welt wollte ich die Fortsetzung verpassen!

Ich sah gerade noch, wie die Ziege erfreut den Kopf hob, wie sie dann direkt auf den Josef zu rannte und der … der haute ab und floh Hals über Kopf hinter die Bühne.

Im Saal war's mucksmäuschenstill.

Chris Löwenfeld wischte sich den Schweiß von der Stirn.

Der Chor schwieg.

Das Orchester ließ keinen Ton hören.

…

Dann kicherte jemand

Leute lachten.

Zuerst war's nur einer oder zwei, die leise und verhalten lachten, aber dann wurden es immer mehr, bis alle, wirklich alle, vor Lachen brüllten.

Der Saal kochte!

Wir verbeugten uns noch einmal, während die Leute im Saal wie wild trampelten und klatschten und dazu »uhuhuh!« riefen.

Und jetzt? fragte ich mich. Wie stelle ich es an, dass das Stück weitergehen kann? Okay, ich bin schwanger …

»Los, Maria!«, zischte Yasin in diesem Augenblick. »Krieg dein Kind!«

Ich krümmte mich, ich tat ein paar Schrittchen, dann sank ich zu Boden.

Yasin, der Wirt, rang die Hände. Er winkte einem Reisenden,

der im Innenhof der Karawanserei herumlungerte. Der kam auch, und die beiden schleppten mich in den Stall, wo mir die Ziege den Kopf ans Schienbein stieß und meckerte, während ich das Kissen aus dem Gürtel zog.

Das Musical ging danach ohne weitere Unterbrechungen und so wie geplant und geprobt über die Bühne. Allerdings mit einer Ausnahme:

Als ich mit dem Kind im Arm aus dem Stall trat, um die Huldigungen der Hirten und Könige entgegenzunehmen, stand der Wirt wie selbstverständlich an meiner Seite. Der Chor sang *We wish you a merry Christmas.* Yasin legte die rechte Hand an die Brust und machte ein Gesicht wie die Fußballspieler, während sie die Nationalhymne singen. Danach nahm er mir das Kind ab, wiegte es in den Armen, beugte sich dann zu mir, und – küsste mich.

Die Leute klatschten, trampelten – und sangen lauthals mit.

Chris Löwenfeld drehte sich zum Publikum um, und das Lied ging nahtlos über in *Stille Nacht, heilige Nacht.*

Die Zuschauer erhoben sich. Mit ergriffenen Mienen, manchen tröpfelte eine Träne aus dem Auge, sangen sie mit.

Erst danach setzte der Applaus ein. Aber oh Mann, der hatte sich vielleicht gewaschen!

Nach dem Applaus kamen die Blumensträuße, eine allgemeine Küsserei begann, die Eltern warteten auf uns, waren stolz wie sonst noch was und drückten Chris Löwenfeld die Hand ab.

Yasins Eltern konnten es nicht fassen, wie gut mir das feine Tausendundeine-Nacht-Gewand passte. Sie versicherten, ich hätte darin ausgesehen, als wäre es für mich gemacht. Aber froh waren sie doch, als ich es ihnen in einwandfreiem Zustand zurückgab.

Murat, Yasins jüngerer Bruder, führte die Ziege am Strick aus den Kulissen. Sie ließ sich ungern streicheln, meckerte aufgeregt, und wenn sie nicht meckerte, knabberte sie alles an – Anoraks, Stiefel, Plastiktüten. Sie war nicht wählerisch.

Murat sagte dann auch, dass das Tier Lilli hieß und seinem Opa gehörte. Lilli – na, das war doch ein echt passender Name für eine Meckerziege.

Jemand, es war aber nicht Lilli, die Klassenqueen, fragte nach Jonas. Keiner hatte eine Ahnung, wo er abgeblieben war; wir vermuteten, dass er 'ne Dauerfliege gemacht hatte. Jedenfalls bis Ferienende.

Dann riefen meine Eltern nach mir und meiner kleinen Schwester Leonie, die Murat und die Ziege anhimmelte, und wie in früheren Zeiten fuhren wir zu viert in einem Auto nach Hause – in unser Dorf.

Ich lag noch immer im Bett. Es war kurz nach neun Uhr am Morgen. Heute war der 24. Dezember. Heilig Abend.

Unser Paps würde mit uns feiern, und vielleicht… vielleicht… vielleicht versöhnten sich unsere Eltern wieder. Sah ganz danach aus. Aber klar, Weihnachten war ja schließlich das Fest der Liebe.

Mein Blick fiel auf die kleine Maria. Das war mein Geschenk für Yasin, meinen ersten richtigen Freund. Die Sache mit Jonas war nichts Ernstes gewesen; Jonas war ein Feigling. Yasin hatte mich unterstützt, er hatte mich gegen die drei Hexen in Schutz genommen, und er war es gewesen, der mich vor allen Zuschauern geküsst hatte. Gab es denn einen besseren Beweis seiner Liebe? Ich streichelte die Maria und wünschte mir, es wäre Yasin…

Sissi Flegel

Wintertraum und Weihnachtskuss

Eine Liebesgeschichte in 24 Kapiteln

ca. 296 Seiten, ISBN 978-3-570-40158-3

Hollys Leben ist komplett auf den Kopf gestellt: Warum musste der neue Freund ihrer Mutter auch gleich samt Tochter Nell bei ihnen einziehen? Doch dann entdeckt Holly ein Wichtelgeschenk – und vergisst prompt ihren Ärger. Denn wer könnte ihr geheimnisvoller Wichtel sein? Etwa der süße Matteo von nebenan? Aber die Sache hat einen Haken: Ihre Familien sind sich schon seit über 50 Jahren spinnefeind! Ob daran das Fest der Liebe etwas ändern kann ...?

40143

cbj

www.cbj-verlag.de

Stefan Wilfert

Dem Weihnachtsrätsel auf der Spur

Ein Weihnachtskrimi in 24 Kapiteln

ca. 200 Seiten, ISBN 978-3-570-22362-8

Bald ist Heilig Abend – und Jonas und Tina sind schon ganz aufgeregt: Sie wollen unbedingt den Wettbewerb um das am schönsten geschmückte Haus gewinnen! Also nichts wie ran an Lichterketten und Weihnachtsschmuck. Doch kaum haben sie das Haus mühevoll dekoriert, sind die Sachen auch schon wieder verschwunden! Will da etwa jemand ihren Sieg verhindern? Und hat der Dieb möglicherweise auch etwas mit den Rätselfragen zu tun, die sie plötzlich jeden Tag vor ihrer Haustür finden? Die Geschwister legen sich auf die Lauer – und erleben eine dicke Überraschung!

40144

cbj

www.cbj-verlag.de